Lauraine Snelling

Tanjas Traum

GOLDEN STAR, BAND 4

Tanjas Traum

Lauraine Snelling

Schulte & Gerth

Die amerikanische Originalausgabe erschien
im Verlag Bethany House Publishers,
Minneapolis, MN 55438,
unter dem Titel „Kentucky Dreamer".

Aus dem Amerikanischen übersetzt von Eva Weyandt

Best-Nr. 15 485
ISBN 3-89437-485-3
1. Auflage 1993
Umschlaggestaltung: Bethany House/Ursula Stephan
Satz: Jung Satzcentrum GmbH, Lahnau
Druck und Verarbeitung: Ebner Ulm
Printed in Germany

Kapitel 1

Sie hatten fast die ganze Nacht hindurch geredet.

Tanja Evanston streckte sich und gähnte. Ihr schien es, als sei sie gerade erst eingeschlafen; aber es mußte Morgen sein, die Vögel zwitscherten bereits. Ihr Pferd Spitfire, das gestern das Santa-Anita-Derby gewonnen hatte, würde sein Frühstück haben wollen. Sie warf ein Kissen nach ihrer noch schlafenden Bettnachbarin.

„Laß mich in Ruhe!“ Ihre beste Freundin Sonja feuerte das Kissen auf den Boden.

„Na gut, wenn du lieber im Bett bleibst – ich jedenfalls möchte jetzt frühstücken und dann zur Rennbahn hinübergehen. Wenn du mitkommen willst, mußt du dich beeilen.“ Tanja sprang aus dem Bett. „Papa sagte, er würde uns um sieben Uhr in der Halle erwarten“, rief sie aus dem Badezimmer.

Tanja starrte ihr Spiegelbild an. Sie konnte es immer noch nicht glauben. Aber es stimmte; *sie hatte tatsächlich das Santa-Anita-Derby gewonnen!* Wie kam es nur, daß sie immer noch genauso aussah wie früher? Sie strich sich ihr schwarzes, lockiges Haar aus dem Gesicht. Sollte man sich nicht verändert haben, erwachsener aussehen mit seinen sechzehn Jahren, wenn man mit dem Pferd, das man selbst aufgezogen hatte, gerade das Santa-Anita-Derby gewonnen hatte? Wenn man gegen weltbekannte Jockeys angetreten war und sie geschlagen hatte – samt ihren Pferden? Sie schüttelte den Kopf.

Einen Augenblick später überprüfte sie noch einmal ihr Gesicht, diesmal mit zahnpastaverschmiertem Mund. Nein, keine Veränderung. Sie spuckte die Zahnpasta aus und spülte mit Wasser nach.

„Bist du da drin bald fertig?" Sonja hämmerte gegen die Tür.

„Weißt du überhaupt, mit wem du hier herumschreist?" Tanja öffnete die Tür und lehnte sich gegen den Rahmen. Ein Grinsen legte sich auf ihr Gesicht, und der Schalk blitzte aus ihren Augen.

„Der Siegerin des Santa-Anita-Derbys!" Sonja gab sich gelangweilt, doch dann umarmte sie Tanja plötzlich und tanzte mit ihr durch das Zimmer. „Du hast es wirklich geschafft! Du und Spitfire, ihr habt es ihnen gezeigt!" Sie schauten zur Decke hinauf. „Und was passiert nun?"

„Jetzt gehen wir nach unten und treffen uns mit meinem Vater."

„Nein, du Dummi." Sonja boxte sie gegen den Arm. „Wirst du jetzt beim Kentucky Derby starten?"

Tanja überlegte eine Weile. „Wenn ich das nur wüßte", flüsterte sie, „wenn ich das nur wüßte."

*

Die Reporter erwarteten sie bei Spitfires Stall. Nach all den Fragen, die ihr nach dem Rennen gestellt und all den Fotos, die geschossen worden waren, erstaunte es Tanja, daß die Neugier immer noch nicht befriedigt war. Sie überließ die Journalisten ihrem Vater und holte den Hafer für Spitfires Frühstück. Der große, ebenholzfarbene Hengst verdeckte sie vor den neugierigen Blicken der Journalisten.

„Na, wie fühlt man sich?" fragte ihr Bruder David, als er Spitfires Hufe überprüfte.

„Ich sag's dir, wenn ich es herausgefunden habe." Tanja striegelte ihr Pferd weiter.

Es kam ihr vor, als sei nur wenig Zeit vergangen, als ihr Vater und sie Sonja, David und ihre Mutter verabschiedeten. Sie fuhren nach Hause zurück.

Margret küßte ihren Mann und umarmte Tanja. „Fahrt bitte vorsichtig, ihr zwei." Mutters ständige Besorgnis ging Tanja auf die Nerven.

„Keine Angst, Mama." Halbherzig erwiderte Tanja ihre Umarmung. Sie und ihre Mutter waren in vielen Dingen nicht einer Meinung, zum Beispiel darin, daß Tanja den großen Pferdetransporter fuhr oder Pferderennen ritt.

Tanja rieb sich die Stirn. Sie hatte Kopfschmerzen. Gerade packte sie die letzten Sachen für ihre Heimfahrt zusammen.

„Können wir fahren?" Ihr Vater massierte ihre Schultern.

Tanja ließ den Kopf nach vorne fallen. Sie atmete tief durch und entspannte sich unter den geübten Händen ihres Vaters. „Ja, wann du willst."

„Wir werden den Eisbeutel noch einmal auffüllen, wenn wir Spitfire verladen." Hal massierte ihren Nakken mit den Daumen. Spitfire streckte seinen Kopf aus der Box und rieb seine Nüstern in ihrem Haar. Als sie nicht reagierte, nahm er eine Haarsträhne zwischen die Zähne und zog daran.

„Aua!" Tanja schob die schwarze Nase beiseite. „Das hast du extra gemacht!" Spitfire rollte in gespieltem Entsetzen mit den Augen. Er blies ihr ins Gesicht und rieb seine Stirn an ihrer Brust. Er wollte gestreichelt werden.

„Wir sollten fahren." Tanja tätschelte den Hals des Pferdes, während ihr Vater weiter versuchte, die Verspannungen in ihrem Nacken zu lösen.

„Braucht ihr noch irgend etwas?“ fragte Brian Sweeney, Hals langjähriger Freund, mit seinem leicht kanadischen Akzent. Er hatte ihnen angeboten, Spitfire während des Aufenthalts hier in seinem Stall unterzustellen.

„Nur noch ein wenig Eis, wenn wir diesen Burschen verladen haben.“ Hal befestigte ein Führseil an Spitfires Halfter. „Hier, Tanny, nimm du ihn.“

Tanja führte den Junghengst aus dem Stall und zur Laderampe ihres geliehenen Pferdetransporters. Diesmal zögerte Spitfire nicht einmal, als er die Rampe hinaufgeführt wurde. Gehorsam folgte er ihr.

„Gutes Pferd.“ Tanja band das Führseil fest. Ihr Vater erneuerte unterdessen den Verband um das rechte Vorderbein des Junghengstes. Seit dem Rennen war das Karpalgelenk etwas gereizt, aber wenigstens war es nicht heiß und geschwollen wie schon früher einmal. Wenn es in den nächsten Wochen nicht abheilte, könnte ihre Teilnahme am Kentucky Derby am ersten Samstag im Mai in Gefahr sein.

Hal und Tanja bedankten sich noch einmal bei Brian, bevor sie in den Transporter stiegen und starteten. Hal legte den Gang ein und fuhr langsam die staubige Auffahrt zum Tor hinunter. Der Wärter winkte sie durch.

„Wir kommen wieder“, versprach Hal. Tanja drehte sich um, um noch einen letzten Blick auf die imposante Santa-Anita-Rennbahn zu werfen. Vor ihnen lag das San-Gabriel-Gebirge. Man hatte den Eindruck, als würden sie geradewegs in die Berge hineinfahren. Bei ihrem letzten Blick zurück sah sie nur noch die langen, schlanken Palmen, die die Rennbahn säumten. Ganz bestimmt hatte Santa Anita seine eigene Ausstrahlung. Wie es wohl in Churchill Downs war, wo das Kentucky Derby stattfand?

Bald darauf war sie in ihr Geschichtsbuch vertieft. In der Zeit, die sie hier verbracht hatte, hätte sie eigentlich öfter in die Bücher schauen müssen, aber da die Osterferien vor der Tür standen, brauchte sie nur noch wenige Tage zur Schule zu gehen.

Am ersten Tag fuhren sie nur bis zum Anwesen von Adam Finley am Fuß der Berge etwas oberhalb von Harrisburg. Auf ihrem Weg in den Süden hatten sie hier Halt gemacht, und die Finleys schienen Tanja schon alte Freunde zu sein. Sie war wieder fasziniert von der Pracht der im spanischen Stil erbauten Zuchtfarm. Die Rosen standen hier schon in voller Blüte und rankten sich an den Zäunen empor. In Washington war es kaum Frühling.

Die beiden Rottweiler kündigten die Ankunft des Transporters an, und wie schon einmal dirigierte der ehemalige Jockey und jetzige Trainer Adam Finley sie zum Parkplatz und zeigte ihnen den Weg zum Stall.

„Ach, wie ich sehe, habt ihr Probleme mit dem Bein." Er zeigte auf die Packung an Spitfires Karpalgelenk.

„Scheint chronisch zu werden", antwortete Hal, als Tanja den Junghengst die Rampe herunterführte. „Aber es war schon mal schlimmer."

Tanja hielt das Pferd fest, damit ihr Vater die Decke herunternehmen konnte. „Ich werde ihn herumführen, um uns beide ein wenig zu lockern."

„Diesmal laßt ihr ihn in der Koppel am besten nicht frei", schlug Adam vor. „Vielleicht springt er herum und belastet das Bein noch mehr. Wenn du fertig bist, Tanny, gibt es kalte Getränke und Abendessen im Haus. Martha hat sich schon gefreut, daß ihr kommt."

Tanja führte Spitfire eine gute halbe Stunde herum, bevor sie ihn in den frisch eingestreuten Stall brachte. Sie erneuerte die Eispackung um sein Knie und tätschelte ihn noch einmal, bevor sie den Stall verließ. Spitfire hatte seine Nase bereits in der Krippe vergraben. „Friß schön, du hast es dir verdient." Er blies ihr eine Portion Hafer ins Gesicht und fraß weiter. „Vielen Dank." Sie wischte sich den Brei aus dem Gesicht. „Genau das brauchte ich jetzt."

Tanja bückte sich und streichelte die beiden Hunde, einen schwarzen und einen braunen, die ihr im Stall entgegenkamen. Eifersüchtig achtete jeder von ihnen darauf, nicht weniger Streicheleinheiten zu bekommen als der andere. Es war wie zu Hause, nur daß das Fell ihres Collies Caesar dichter und länger war.

Tanja atmete tief ein, als sie auf dem gepflasterten Weg auf das weiße, mit Stuck verzierte Haus zuging. Der Eingang war von großen Rundbögen umgeben, um die sich leuchtende Bougainvillea rankten. Von der Hinreise wußte sie noch, daß der süße Geruch in der Luft von den Orangenbäumen stammte, die das Haus umgaben. Sie erinnerte sich auch noch an den Swimmingpool hinter dem Haus. Vielleicht konnte sie eine Runde schwimmen, bevor sie morgen weiterfahren würden.

„Ich habe einen Vorschlag zu machen", sagte Adam Finley nach dem Abendessen. „Was würdest du davon halten, diesen Sommer hier zu verbringen und für mich zu reiten? Ich weiß, daß deine Saison bei euch zu Hause Ende April beendet sein wird. In den Ferien könntest du doch dann herkommen." Er schaute Hal an. „So könnte sie für uns beide reiten."

Tanja starrte Adam an, dann ihren Vater und wieder Adam. „Ich – äh – das wäre – äh ..." Sie wußte nicht, was sie sagen sollte. Ganz sicher wäre es eine Riesenchance, sich einen Ruf in den großen Rennen zu schaffen. Und ihre Pferde waren ganz bestimmt genauso gut wie die in Kalifornien. Spitfire hatte das gerade bewiesen. Bittend schaute sie ihren Vater an. Was würde ihre

Mutter dazu sagen? Tanja seufzte. Sie würde das *niemals* zulassen.

„Vielen Dank für das Angebot", sagte Hal und lehnte sich auf seinem Stuhl zurück. „Margret und ich müssen darüber nachdenken. Wissen Sie, aufgrund meiner Krankheit fällt es mir schwer, allzulange von zu Hause fort zu sein; und Margret, nun, sie ist nicht gerade begeistert, daß Tanja Rennen reitet." Er rieb sich das Kinn. „Allerdings hatte ich schon daran gedacht, für ein oder zwei Rennen herunterzukommen."

Tanja starrte ihn erstaunt an. Ihr hatte er nichts davon gesagt, daß er beabsichtigte, so bald schon nach Kalifornien zurückzukehren.

„Die Preisgelder sind höher als beim ‚Longacres' in Seattle, und da das Rennen sowieso verlegt werden soll, bleiben in unserer Gegend eigentlich nur noch Yakima und die Bezirksvolksfeste", fuhr Hal fort.

„Außerdem hat ihr Pferd Sie in die größeren Rennen gebracht, Hal. Sie würden ihm nicht gerecht werden, wenn Sie ihn nicht mit Pferden seines Kalibers laufen ließen", erinnerte ihn Adam.

„Ich weiß", stimmte Hal zu.

„Und außerdem wäre es wundervoll, wieder mal ein junges Mädchen hier zu haben", bemerkte Martha. „In San Mateo haben wir reichlich Platz für dich." Sie tätschelte Tanjas Hand. „Ich würde deiner Mutter auch versprechen, gut auf dich aufzupassen."

„Vielen Dank", sagte Tanja. Ihr Lächeln spiegelte die Freude wider, die sie bei der herzlichen Einladung empfand. Man stelle sich nur vor – einen Sommer in Kalifornien zu verbringen!

Denk nicht weiter darüber nach, sagte ihre innere Stimme. *Du weißt ganz genau, daß es unmöglich ist. Du mußt ja auch noch Chemie nachholen.*

Am nächsten Morgen fühlte sich Tanja müde und

zerschlagen. Sie wußte, daß das die Nachwirkungen des Rennens waren. Ein kleines Nickerchen würde ihr guttun.

*

„Bay Meadows klingt gut", meinte Tanja, nachdem sie lange geschwiegen hatten. Die Nacht hatten sie in Ashland verbracht, und jetzt waren sie wieder unterwegs.

„Mach dir nicht zu große Hoffnungen."

„Ich weiß, Mama würde es niemals ..."

„Tanja, sie kann nichts dafür, sie macht sich nun mal Sorgen. Du weißt so gut wie jeder andere, daß unsere Arbeit gefährlich ist."

„Und sie ist der Meinung, daß *ihre* Tochter keine Rennen reiten sollte." Tanja merkte, wie ihr allmählich die gute Laune verging. *Ich werde meinen Kindern nicht dauernd sagen, daß sie vorsichtig sein sollen*, versprach sie sich.

„Bist du fertig mit deinen Hausaufgaben?"

„Du klingst jetzt schon genauso wie Mama." Sie fing den irritierten Blick auf, den ihr Vater ihr zuwarf. Es war gut, daß er nicht immer ihre Gedanken lesen konnte.

„Ich dachte nur, daß du vielleicht Lust hättest, ein wenig zu fahren."

Schuldgefühle nagten an ihr. Sie hätte sehen müssen, daß er müde wurde. Statt dessen meckerte sie hier herum. Sie kamen gut voran und waren etwa um drei Uhr nachmittags zu Hause.

Es tat gut, wieder zu Hause zu sein.

Chris, Davids Freund, der für den Pferdehof arbeitete, und Sonja kamen gerade an, als Tanja Spitfire in den Stall führte, nachdem sie ein wenig mit ihm herumgegangen war, um das Pferd und auch sich selbst nach der langen Fahrt zu lockern.

„Hallo, ihr zwei", grinste Tanja, als sie das Führseil

löste. „Ihr habt aber keine Zeit vergeudet, nach der Schule herzukommen, was?"

„Tja!" Sonja umarmte ihre Freundin. „Wie war die Fahrt?"

„Sonja hat mir das Rennen in allen Einzelheiten geschildert", sagte Chris. „Und ich habe alle Zeitungsartikel darüber gelesen, die ich bekommen konnte. Ich habe sie für dich aufgehoben. Aber jetzt möchte ich deine Version hören. Und du mußt die große Frage noch beantworten."

Sonja, die immer in Bewegung war, konnte es keine Minute mehr länger aushalten. „Wann fährst du zum Derby?"

Chris warf ihr einen schmerzlichen Blick zu. „Nein, das ist nicht die Frage. Machst du bei der „dreifachen Krone" mit?"

Tanja zuckte mit den Schultern. „Papa sagt, man solle nichts überstürzen. Falls wir das eine Rennen gewinnen, werden wir sehen, was mit den anderen beiden ist."

„Nicht *falls*. Wenn." Sonja boxte Chris in die Seite. „Niemand sagt hier ‚falls'. Wir sagen nur ‚wenn'. Tanja und Spitfire werden das Kentucky Derby gewinnen. Daran gibt es keinen Zweifel."

Als Tanja an diesem Abend im Bett lag, wünschte sie, sie würde sich für das große Rennen sicherer fühlen. „Ich kann dich nur bitten, uns zu helfen, Herr", betete sie. „Du weißt alles, was in der Zwischenzeit passieren kann. Gib, daß Papa gesund bleibt und die nächste Chemotherapie gut übersteht. Und wir können auch nicht starten, wenn Spitfires Bein nicht in Ordnung ist. Du kannst auch da helfen." Sie dachte eine Weile nach. „Danke, daß du uns auf der Heimfahrt bewahrt hast, und daß wir gewonnen haben. Lieber Vater, du kannst auch die Einstellung meiner Mutter in bezug auf meine

Reiterei ändern. Gib doch, daß sie sich nicht so viele Sorgen macht. Danke. Amen."

Als sie an den vergangenen Abend dachte, mußte sie lächeln. Margret hatte ein wundervolles Willkommens-Abendessen für sie zubereitet, und sie hatten über die Reise, das Rennen und die Menschen in Kalifornien gesprochen, über alles mögliche, nur nicht über das Angebot von Adam Finley. Sie wußte, daß ihr Vater auf die passende Gelegenheit wartete, um das anbringen zu können. Auf jeden Fall würde sie sich eher die Zunge abbeißen, als den anderen „drei Musketieren" im Stall davon zu erzählen.

Am Mittwoch morgen war sie wieder in ihrem Alltagstrott, und, wie üblich, beinahe zu spät für die Schule. Sie rannte los, stoppte aber noch einmal vor dem Schuleingang. Zwischen zwei Pfosten hing ein Spruchband mit der Aufschrift „Auf zum Kentucky Derby". Ein anderes quer über ihrem Spind besagte, daß sie „der Favorit" sei. Tanja faltete es zusammen und kämpfte mit ihrem Kombinationsschloß. Es läutete, noch bevor sie ihre Bücher herausnehmen konnte. Sie würde also wieder einmal zu spät in die Klasse kommen. Als sie das Klassenzimmer betrat, standen alle ihre Klassenkameraden auf und applaudierten ihr.

Tanja spürte, wie sie rot wurde. „Vielen Dank", krächzte sie und setzte sich auf ihren Platz.

An diesem Nachmittag auf der Rennbahn erhielt sie tosenden Beifall, als verkündet wurde, daß sie als Jockey am Rennen in Churchill Downs teilnehmen würde. Mit erhobener Peitsche winkte sie der Menge; sie war dankbar für den frischen Wind, der ihr heißes Gesicht kühlte.

Alle Jockeys gratulierten ihr und wünschten ihr viel Glück für diesen ersten Samstag im Mai. Gitte, die ab und zu für ihren Hof startete, faßte das im Umkleideraum so zusammen: „Wir drücken dir alle die Daumen", sagte sie. „Dein Papa hat lange und hart auf diese Gelegenheit hingearbeitet. Wir sind froh, daß er seine Chance bekommt. Und seine Tochter ist auch nicht gerade ein Schlappschwanz."

Es war nicht übel, zwei Rennen zu gewinnen und sich in einem dritten zu plazieren. Tanja hetzte nach Hause, um mit den Pferden zu arbeiten. David und Chris hatten sie schon versorgt, sogar Philip.

„Und er hat uns auch keine neuen Verletzungen zugefügt", meinte Chris, als sie den Hügel hinauf zu seinem blauen Auto gingen. „Wie steht es mit Spitfires Bein?" Tanja beugte sich hinunter und kraulte Caesar.

„Immer noch heiß, sobald er viel läuft", antwortete David.

„Hast du ihn als Handpferd mit Dan mitlaufen lassen?" Das war das Pferd, mit dem er trainiert worden war.

„Nein, ich habe ihn allein herumgeführt. Papa sagte, wir sollten ganz vorsichtig mit ihm sein und ihn nicht einmal auf die Koppel lassen."

„Wir müssen los. Bis später." Chris und Sonja knallten die Wagentüren zu. Tanja und David winkten ihnen zum Abschied und gingen aufs Haus zu.

„Wie steht's mit Funkenflug?" Tanja streckte sich. Sie war sehr müde.

„Keine Schwellung. Schon seit einiger Zeit nicht mehr."

„Wäre es nicht eine gute Idee, sie nach Kentucky mitzunehmen und im Oaks-Rennen starten zu lassen?" Tanja lehnte sich gegen den Zaun. „Ob Papa wohl schon daran gedacht hat?"

„Er sagte, dieses Jahr solle sie sich ausruhen wegen ihres Beins."

„Ich weiß. Aber sie ist ein super Pferd, und das Oaks-Rennen findet einen Tag vor dem großen Rennen statt.

Es ist doch nur für die dreijährigen Stuten. Bisher hat sie noch nie richtig Gelegenheit gehabt zu zeigen, was sie kann."

„Tanja, hör doch auf mit deinen ausgefallenen Ideen."

„Man sollte wenigstens einmal darüber nachdenken." Sie öffnete die Haustür. „Und darüber reden." Sie hörte ihren Vater husten. *Das habe ich ja ganz vergessen!* Der Gedanke nagte an ihr. *Papa ist von seiner Therapie ganz krank, und ich habe nur an mich und meine Siege gedacht.* Sie schlich sich in das dunkle Schlafzimmer.

Hal lag im Bett, eine Hand auf seine Stirn gelegt. Mühsam öffnete er die Augen, als er hörte, wie Tanja seinen Namen flüsterte. „Ich bin in Ordnung", sagte er. Schnell griff er wieder nach der Schale, die neben seinem Bett auf einem Stuhl stand. Der beißende Geruch von Galle, die er bei seinem Hustenanfall auswürgen mußte, ließ Tanja schlucken. Sie wünschte, sie hätte ihn nicht gestört.

Natürlich bist du in Ordnung, dachte sie zynisch, *dir geht es ganz prima.*

Hal wischte sich den Mund und lächelte sie über die grünliche Flüssigkeit hinweg an. „Wirklich, Tanny, diesmal ist es viel besser als das letzte Mal. Morgen werde ich wieder aufstehen können. Und jetzt erzähl mir von deinem Tag. Wie ich hörte, hat in der Schule eine Überraschung auf dich gewartet? Und wie ist es auf der Rennbahn gelaufen?"

Tanja fing an zu erzählen. Ihre Aufregung kehrte zurück, als sie ihm alles haarklein berichtete. Endlich machte sie eine Pause und leckte sich die Unterlippe. „Hast du schon einmal darüber nachgedacht, Funkenflug mit nach Kentucky zu nehmen?"

„Du kannst es doch nicht lassen, was?" Hal tätschelte ihr liebevoll die Hand.

„Nun, es würde doch nicht viel mehr kosten, zwei Pferde statt einem mitzunehmen."

„Nein, nur die Flugkosten, Startgelder ..."

Tanja hörte ihm zwar zu, beharrte aber weiter: „Es ist eine Schande, daß sie noch nie gegen Pferde angetreten ist, die genauso gut sind wie sie, und da sie in Santa Anita nicht starten konnte ..."

„Das Abendessen ist fertig", rief Margret aus der Küche.

„Geh runter zum Essen", meinte Hal und drehte sich auf die andere Seite.

Als Tanja später noch einmal nach ihm sah, war er fest eingeschlafen.

Für den Samstag standen fünf Rennen auf dem Programm, und das nach getaner Arbeit auf dem Hof. Ihr Vater hatte sie mit der Neuigkeit überrascht, daß er Funkenflug ebenfalls würde starten lassen, und tatsächlich, wie er es versprochen hatte, war er aufgestanden.

„Aber mach dir nicht zu viele Hoffnungen", hatte er gesagt, als Tanja ihn von Spitfires Rücken herunter angegrinst hatte. „Wir wollen sehen, was passiert."

Obwohl an diesem Samstag keins ihrer eigenen Pferde startete, fuhren Margret und Hal Tanja zur Rennbahn.

„Wir treffen uns nach dem letzten Rennen am Haupteingang", sagte Margret. „Zum Abendessen werden wir ausgehen."

Tanja nickte und lächelte zustimmend, dann trottete sie zum Umkleideraum.

Die Sonne blieb hinter den Wolken versteckt, als ob sie Angst hätte, zu lange auf dem Platz gesehen zu werden. Tanja dachte an die angenehmen Temperaturen in Kalifornien, während sie die Gummibänder über die Manschetten ihrer Bluse streifte, damit sie der kalte

Wind nicht aufblähen konnte. Die Rennbahn war naß, aber nicht schlammig.

„Sei bei der letzten Kurve besonders vorsichtig", meinte Bob Diego, der Besitzer ihres Pferdes, als er ihr beim Aufsteigen half. „Halt dich vom Außenzaun fern, dort ist es gefährlich."

Tanja nickte. Sie beugte sich vor und tätschelte den Nacken ihres Pferdes.

„Und, Tanja, ich wollte dir noch sagen, wie froh ich für deinen Vater und dich bin. Du bist fantastisch geritten."

„Vielen Dank. Ich bin immer noch ganz aufgeregt, wenn ich daran denke."

Die herzlichen Worte taten Tanja immer noch gut, als sie zu den Startboxen ritt. Alle Tiere schienen nervös zu sein. Auch ihr Pferd mußte ein zweites Mal in die Box gebracht werden. Aber beim Start kam es gut los. Tanja hielt es zurück bis zur letzten Runde des kurzen Rennens, gab ihm dann die Zügel frei, setzte sich an die Spitze und ging mit einer Pferdelänge Vorsprung als erste durchs Ziel.

Sie gewann auch das nächste Rennen, diesmal für Jason Rogers.

„Wir haben dich vermißt", meinte der große, immer perfekt gekleidete Rogers bei der Siegerehrung. „Aber auf jeden Fall sind wir stolz auf dich. Nicht viele Reiter schaffen es, dort unten im Süden so gut abzuschneiden wie du. Und vielen Dank für deinen heutigen Sieg. Treffen wir uns gleich wieder hier, in einer Stunde oder so?"

Tanja grinste ihn an. „Hört sich gut an." Und genauso kam es. Tanja gewann für Rogers auch das fünfte Rennen.

„Es sah so aus, als hättest du in der letzten Kurve Schwierigkeiten gehabt", meinte Rogers, nachdem alle Fotos geschossen und die Pferde in den Stall geführt worden waren.

„Ja, wir sind gegen den Zaun gestoßen. Die Wartungsmannschaft muß diese Stelle mal in Ordnung bringen."

Tanja hatte ihre Jockeybluse gewechselt und sich wieder zum Wiegen angestellt.

„Na, wie ist es, nach einem Sieg wie dem in Santa Anita wieder hier zu sein?" fragte der Jockey Phil Schneider.

„Kalt." Tanja umklammerte ihren Sattel fester. „Mir hat die Sonne da unten viel besser gefallen."

„Und der Sieg?" Lachfältchen legten sich um seine Augen.

„Das sollten Sie doch am besten wissen." Tanja grinste zurück. Sie beugte sich vor und flüsterte: „Ich habe jede Minute genossen, obwohl ich fürchterliche Angst hatte, gegen die bekannten Jockeys anzutreten. Sie waren nicht gerade freundlich, aber", sie zuckte mit den Schultern, „ich habe Shoemaker kennengelernt. Und da ich die anderen geschlagen habe – nun –"

„Kannst du es kaum erwarten, das zu wiederholen." Sie lachten zusammen.

„Wie geht's Ihrem Baby?" fragte Tanja, als sie zusammen zum Sattelplatz gingen.

„Wächst und gedeiht. Ich werde ihn so schnell wie möglich aufs Pferd setzen."

Tanja spürte die Anspannung in ihrem Pferd, als sie in den Stall kam. Der Besitzer hatte ihr erzählt, daß es sein erstes Rennen war. Das Pferd warf seinen Kopf hin und her und rollte mit den Augen, als Tanja ihre Hand ausstreckte, um seinen Nacken zu streicheln.

„Ist ja schon gut, mein Pferdchen", beruhigte sie ihn. „Du mußt dich nicht so benehmen. Nur ruhig." Der Junghengst stampfte mit den Hufen, beruhigte sich jedoch, während sie leise auf ihn einsprach. Beim Aufsitzen spürte sie, wie er seine Muskeln spannte, als ob er sich aufbäumen wollte. Sie tätschelte seinen Nacken und redete ihm die ganze Zeit gut zu. „Du machst deinem Namen Ehre, nicht wahr?" Sie nahm die Zügel und nickte dem Besitzer zu. Sein Name, Feuerball, konnte nicht passender sein.

„Beobachte ihn genau", sagte der Trainer zu dem Mädchen, das sie zur Startbox bringen sollte. „Und sei vorsichtig, Tanja."

Auf dem Weg zur Startbox beruhigte sich das Pferd halbwegs, und in der Startbox war es wieder fügsam und willig. Sein Gang war ausgeglichen, und sie hatte nicht mehr das Gefühl, auf einem Pulverfaß zu sitzen.

„So ist es gut, mein Alter", flüsterte sie ihm in die zuckenden Ohren. „Huch! Das war nicht so gut! He, he!" Ihre Befehle schienen in der Luft zu verhallen, als der erschreckte Hengst rückwärts wieder aus der Startbox drängte. Er wurde wieder hineingebracht.

Feuerball schnaubte und warf den Kopf hin und her. Tanja setzte sich im Sattel zurecht. Sie war bereit zum Start.

„Nun los, mein Alter, wir wollen uns auf das Rennen konzentrieren und keinen Aufstand machen." Das Pferd hörte endlich auf sie und beruhigte sich.

„Viel Glück, Tanja", meinte Schneider von der Box nebenan.

„Vielen Dank." Tanja konzentrierte sich auf den Fleck zwischen den Ohren des Pferdes. Jetzt hing alles von einem guten Start ab. Die Tore der Startboxen wurden geöffnet, und der Hengst zögerte kurz, bevor er losstürmte. Sein Gang war ungleichmäßig. Tanja ließ ihm die Zügel, damit er sein Gleichgewicht wiederfinden konnte.

Als er endlich richtig lief, hatten alle anderen sie überholt. In der ersten Runde holte Tanja sechs Pferde ein, die in einem Pulk zusammen liefen. Sie versuchte, den

Hengst an der Außenseite vorbeizuführen, aber er war widerspenstig und stolperte. Doch er fand sein Gleichgewicht wieder.

Im selben Moment stürzte das Pferd an der Spitze, ein zweites fiel über das erste. Die Körper der Jockeys flogen durch die Luft. Feuerball galoppierte genau in die schreiende und tretende Masse der auf der Erde liegenden Pferde und Reiter hinein. Tanja spürte, wie sie im hohen Bogen durch die Luft flog.

Kapitel 2

Entspann dich! ermahnte ihr Gehirn ihren Körper. Mittlerweile hätte das eine automatische Reaktion sein müssen, denn um das bewußt zu steuern, blieb keine Zeit. Sie schlug zur selben Zeit auf dem Boden auf wie ihr Pferd. Die Schreie der Pferde und Menschen klangen in ihren Ohren, während sie durch die weiche Erde rutschte und gegen den Rücken eines Pferdes prallte. Dann wurde ihr schwarz vor Augen.

Sie war nicht sicher, wie lange sie bewußtlos gewesen war. Aber im Augenblick brauchte sie alle Kraft dazu, Luft in ihre Lungen zu pumpen. Sie bewegte ihre Finger und Zehen und überprüfte so ihren Körper, während sie darauf wartete, daß ihr Kopf wieder klar wurde. Jemand stöhnte. Jemand anders stieß einen Schwall spanischer Wörter aus, der genauso gut ein Fluch wie ein Gebet sein konnte. Neben ihr schnaubte ein Pferd.

Das Auto, das über die Rennbahn raste, mußte ein Krankenwagen sein. Es war einer.

Tanja setzte sich mühsam auf, ließ aber sofort ihren Kopf wieder zwischen die Knie fallen. Sie wußte nicht, was schlimmer war, ein revoltierender Magen oder ein Kopf, in dem sich alles drehte.

„Bleib nur, wo du bist", sagte die Stimme eines Mannes leise zu ihr. „Wir kümmern uns um dich, so schnell wir können."

Es kam ihr wie eine Ewigkeit vor, bis Tanja die Augen

öffnen und sich das Durcheinander um sich herum anschauen konnte. Ein Pferd lag reglos vor ihren Füßen. Es mußte das sein, gegen das sie geprallt war.

Tanja mußte würgen.

Sie schaute auf und sah, wie die Sanitäter eine abgedeckte Bahre in den Krankenwagen schoben. *Abgedeckt!* Der Gedanke schreckte sie auf. War jemand bei dem Unfall ums Leben gekommen? Zwei andere Sanitäter kümmerten sich gerade um einen Jockey, der aufstöhnte, als sie ihn bewegten.

Am Außenzaun stand ein Pferd mit hängendem Kopf. Es konnte sein Vorderbein nicht belasten. Tanja sah, wie Blut aus einer offenen Wunde tropfte, die durch einen Bruch verursacht worden sein mußte.

Sie knirschte mit den Zähnen. Wahrscheinlich würde es erschossen werden müssen.

„Nur keine Panik", sagte eine Stimme hinter ihr. „Ein anderer Krankenwagen ist unterwegs."

„Ich bin in Ordnung." Tanja drehte sich ganz vorsichtig um, damit der Inhalt ihres Magens da blieb, wo er hingehörte. „Ich brauche keinen Krankenwagen."

„Warum überläßt du die Entscheidung darüber nicht uns?" Der erste Krankenwagen fuhr mit Blaulicht davon. „Tut es dir hier weh?" Der blondhaarige junge Mann untersuchte ihre Beine.

Tanja mußte wieder würgen. Sie spuckte den Dreck der Rennbahn aus, der in ihrem Mund war. Als sie ihren Helm abnehmen wollte, drehte sich alles um sie, so als säße sie auf einem Karussell, das außer Kontrolle geraten war.

„Nimm's nicht so schwer. Komm, ich helfe dir." Der Mann in der blauen Uniform hockte vor ihr und untersuchte immer noch ihre Arme und Beine. Schließlich nahm er ihren Helm vom Kopf und reichte ihn ihr. „Und wie sieht es mit dem Kopf aus?"

„Tut weh, ist aber nicht so schlimm. Mir wird nur schwindelig, wenn ich mich bewege." Tanja ließ die Finger über die Delle in ihrem Helm gleiten. Jemand hatte ihm einen ordentlichen Tritt versetzt. Kein Wunder, daß ihr so schwindelig war.

„Wir werden dich jetzt auf eine Tragbahre legen und ins Krankenhaus bringen, damit wir genau untersuchen können, ob nicht ein Hals- oder Rückenwirbel verletzt ist." Der Sanitäter lächelte sie an, während ein anderer die Bahre brachte.

„Muß ich wirklich?" bat Tanja. „Ich habe das doch alles schon einmal durchgemacht. Ich bin wirklich okay." Sie bettelte weiter, hatte aber nicht die Kraft, sich ihnen zu widersetzen, vor allem, weil sich jedesmal, wenn sie den Kopf bewegte, alles um sie drehte.

Die Fahrt zum Krankenhaus war zum Glück nur kurz. Das Schlimmste war der Dreckklumpen, der ihr ein Loch in ihre linke Hüfte drückte. Nachdem sie ihn entfernt hatte, konnte sie einigermaßen bequem liegen.

„Wie schlimm ist es?" fragte Margret mit gequälter Stimme, als die Sanitäter die Bahre aus dem Krankenwagen hoben.

„Hallo, Mama." Tanja hob den Kopf und faßte nach der Hand ihrer Mutter. „Ihr seid aber schnell hier."

„Das ist nicht schwer, wenn man hinter dem Krankenwagen herfährt." Hal ergriff ihre andere Hand. Er beugte sich über sie und küßte die Wange seiner Tochter.

Tanja spürte, wie eine Träne ihre Wange hinunter in ihr Ohr lief. Sie schniefte. „Ich bin in Ordnung. In meinem Kopf dreht sich nur alles. Bitte sorgt doch dafür, daß ich aufstehen kann, bitte. Ich will die ganzen Untersuchungen nicht noch einmal mitmachen."

„Jetzt sei schön lieb." Margret klammerte sich an Tanjas Hand, als wolle man sie ihr entreißen. „Es ist besser, du wirst noch einmal gründlich untersucht – falls doch noch mehr ist."

„Aber Mama!"

„Nein, sie hat recht, Tanny. Wir bleiben bei dir", beruhigte sie ihr Vater.

Der Sanitäter schob die Bahre durch die automatischen Türen des Krankenhauses und in einen kleinen, durch einen Vorhang abgetrennten Raum. Zu dritt hoben sie sie samt der Bahre, auf der sie lag, auf eine Untersuchungspritsche.

„Übrigens", sagte der freundliche, blonde Mann, bevor er den Raum verließ, „du bist eine prima Reiterin. Ich habe dich seit dem letzten Herbst beobachtet, und wenn ich ein Pferd hätte, würde ich dich als Reiterin engagieren. Gib gut auf dich acht, und viel Glück beim Derby."

„Vielen Dank." Tanja winkte ihm zu, als er den Raum verließ. Sie drehte den Kopf zur Seite und lächelte ihren Vater und ihre Mutter an. Ein Blick in das starre Gesicht ihrer Mutter genügte, um zu wissen, daß es Ärger geben würde. „A-a-aber Mama, das war doch nicht mein Fehler."

„Niemand hatte Schuld daran, Tanny." Ihr Vater drückte ihre Hand. „Genau das hat deine Mutter dir doch immer zu erklären versucht. Unfälle – schwere Unfälle – passieren oft, ohne daß jemand schuld ist. Aber Menschen und Tiere können dabei verletzt werden. Ernstlich verletzt. Oder sogar sterben."

Margret rieb sich die Arme, als ob sie frieren würde. Hal legte den Arm um sie und drückte sie.

„Sterben?" Tanja dachte an das, was auf der Rennbahn geschehen war. „Dieses Pferd, gegen das ich gestoßen bin – ist es tot?"

Hal nickte. Tanja bemerkte trotz ihres Schwindelgefühls die Trauer in seinen Augen, als er das Haar seiner Frau küßte.

„Das ist nicht alles?“ Es war mehr eine Feststellung als eine Frage.

Ihr Vater schüttelte den Kopf. „Phil Schneider wurde auch getötet. Er hat sich bei dem Sturz das Genick gebrochen.“

Margret schauderte und barg den Kopf an der Schulter ihres Mannes.

Tanja biß sich auf die Lippen, um einen Schrei zu unterdrücken. Tränen traten ihr in die Augen und liefen durch den Schmutz in ihrem Gesicht in ihre Ohren. Sie starrte an die Decke. „Aber – aber ich habe doch kurz vor dem Rennen noch mit ihm gesprochen – und er hat doch ein Baby – und – und …“ Sie hatte nicht den Mut, ihre Mutter anzuschauen.

„So, und da haben wir ja wieder unsere Tanja. Es ist nicht schön, sich immer auf diese Weise zu treffen …“ Der Doktor starrte zuerst sie an, dann Hal. „Ist es schlimmer, als man mir erzählt hat?“ Seine Frage war leise und nur für die Ohren von Tanjas Vater bestimmt. Hal schüttelte den Kopf.

Der Doktor zögerte.

Langsam rannen die Tränen aus Tanjas Augen. Sie ballte die Fäuste auf der schmalen Liege. *Laß dich jetzt nicht gehen! Du bist zäh. Nimm dich zusammen!* Es schien zu funktionieren. Sie konnte wieder schlucken.

„Es tut mir leid, Tanja.“ Während er sprach, nahm der Doktor ihre Hand und fühlte ihren Puls. „Phil Schneider war ein feiner Kerl und ein guter Reiter. Das war ein schrecklicher Unfall.“ Sein Tonfall wurde geschäftsmäßig. „Und jetzt wollen wir mal sehen, wie es dir geht. Die Sanitäter meinten, es sei eine Gehirnerschütterung. Du siehst etwas verschwommen?“ Tanja nickte. „Und durch Bewegung wird es noch schlimmer, ja?“ bemerkte er, als sie ihr Gesicht verzog. „Übelkeit?“

„Ein bißchen. Aber es geht schon besser. Wie wär's, wenn Sie mich jetzt nach Hause gehen ließen? Ich bin in Ordnung – wirklich." Tanja schniefte noch einmal und schluckte die aufkommenden Tränen hinunter.

Der Arzt bewegte ihre Arme und Beine, während er immer wieder fragte: „Tut es hier weh? Und da?" Er überprüfte auch ihre Augen. „Tut es dir sonst irgendwo weh?"

Tanja holte tief Luft, schüttelte den Kopf und hatte auch schon ihre Fassung wiedergewonnen. „Nein, nicht richtig. Bitte, nicht röntgen. Lassen Sie mich einfach nur nach Hause gehen."

Der Doktor sah sie noch eine Weile an. „Ist irgend etwas anders als bei der letzten Gehirnerschütterung? Sei ehrlich, Tanja. Du weißt doch noch, wie es dir beim letzten Mal ergangen ist, und ich kann nichts anderes feststellen."

„Es ist ungefähr gleich. Ich fühle mich nicht gerade, als könnte ich schon wieder ein Rennen mitmachen, aber Papa hat immer gesagt, daß ich einen dicken Schädel habe. Schätze, es hat sich wieder einmal gezeigt, daß er recht hat."

Der Doktor rieb sich das Kinn. Er streckte seine Hand aus. „Na, dann setz dich mal auf. Mal sehen, wie es geht. Vorsichtig jetzt." Er half dabei.

Tanja mußte würgen und schloß die Augen. Sie atmete tief durch, hob langsam den Kopf und schluckte wieder. Diesmal drehte sich das Zimmer nicht. Und auch ihre Mutter und ihr Vater verschwammen nicht vor ihren Augen.

Der Doktor nickte. „Du sagst Bescheid, wenn irgendeine Änderung eintritt, ja?"

„Ja." Sie hielt ihren Kopf still. Diesen Trick hatte sie schnell gelernt.

„Wir werden dich von einer Schwester im Rollstuhl

hinausbringen lassen." Er wandte sich jetzt an Tanjas Eltern. „Rufen Sie mich an, wenn Sie mich brauchen." Aufmerksam schaute er in Margrets blasses Gesicht. Während der ganzen Untersuchung hatte sie nicht ein einziges Wort gesagt.

Tanja bemerkte, wie er ihre Eltern fragend ansah. Margret war in sich zusammengesunken. Als der Doktor ihre Schulter berührte, zuckte sie leicht zusammen und lehnte ihren Kopf an der Schulter ihres Mannes.

„Uns geht es gut", beantwortete Hal die unausgesprochene Frage. „Ich werde beide nach Hause und zu Bett bringen. Das war ein ganz schöner Schock heute." Er schob den Vorhang beiseite. „Wir werden den Wagen holen."

„Ich kann ihr etwas geben", sagte der Doktor. „Das wird ihr helfen."

Hal strich liebevoll mit der Hand über das Haar seiner Frau. „Ich werde es Sie wissen lassen." Margret und er gingen schweren Schrittes davon.

Tanja hatte das Bedürfnis zu schreien, aber statt dessen fragte sie den Doktor leise: „Was ist denn mit meiner Mutter?"

„Ein solcher Unfall ruft auch bei den Angehörigen einen Schock hervor. Außerdem habt ihr alle in den vergangenen Monaten einiges durchgemacht. Manchmal braucht der Körper einfach eine Ruhepause."

„Ist das alles?"

„Das ist schon genug. Du rufst mich an, falls es dir schlechter geht, ja?"

Tanja nickte und ließ sich von dem Arzt und der Schwester in den Rollstuhl helfen. „Vielen Dank."

„Gib mir Bescheid", sagte der Doktor und tätschelte ihre Hand. „Auch wie es mit deiner Mutter steht."

Auf dem Heimweg sagte niemand ein Wort. Tanja legte sich auf den Rücksitz, ihren Kopf auf ihren Arm gelegt. Das letzte, was sie hörte, waren die Reifen, die auf der Brücke über den Kolumbia-Fluß rollten.

„Wach auf, du Schlafmütze, wir sind zu Hause.“ Ihr Vater tippte sie leicht an.

Sehr vorsichtig setzte Tanja sich auf. „Wo ist Mama?“

„Ich habe sie schon ins Haus und zu Bett gebracht. Das schien mir das beste zu sein.“ Hal streckte die Hand aus, um seiner Tochter aus dem Wagen zu helfen.

„Warum? Papa, was ist denn los mit ihr?“

„Sie hat einen Schock, glaube ich. Sie wird schon wieder in Ordnung kommen.“

Während Tanja sich langsam erhob, legte Hal den Arm um ihre Schultern, damit sie sich auf ihn stützen konnte. Zusammen stiegen sie die Treppen zur Eingangstür hinauf. Am liebsten hätte Tanja bei jeder Treppenstufe Halt gemacht, aber sie biß die Zähne zusammen und ging weiter, obwohl sich alles vor ihr drehte.

Niemals war ihr Bett einladender gewesen. Hal schlug die Decke zurück und zog Tanja die Stiefel aus. „Ruf mich, wenn du irgend etwas brauchst“, sagte er.

„Wo ist David?“

„Er und Chris sind im Stall. Ich gehe rasch hinunter, erzähle ihnen, was passiert ist, und sehe nach den Tieren. Dann komme ich zurück. Schlaf ein bißchen, danach wird es dir besser gehen.“

„Was ist mit den Pferden, die ich morgen reiten soll?“

„Auf keinen Fall wirst du morgen reiten. Gib mir nachher die Namen der Besitzer. Ich werde sie später anrufen.“

„Wer ist heute mein letztes Pferd geritten?“ Tanja spürte, wie ihre Aufmerksamkeit nachließ.

„Ich weiß es nicht. Wir haben die Rennbahn direkt nach dem Unfall verlassen.“ Durch diese Bemerkung stiegen die Geräusche und Gefühle des Unfalls wieder in ihr hoch.

Nachdem er gegangen war, zog Tanja sich ihre Jokkeybluse aus und schlüpfte unter die Decke. Das Bett hieß ihren zerschundenen Körper willkommen. *Jetzt brauche ich eine Dusche – ganz dringend.* Noch bevor sie den Gedanken zu Ende denken konnte, war sie eingeschlafen.

Wiehernde Pferde, stöhnende Menschen. Die Sirenen der Krankenwagen. Tanja fuhr aus dem Schlaf hoch. Sie atmete tief durch und ließ ihren Blick über den Raum gleiten. Das Hoflicht warf dunkle Schatten auf den Fußboden. Es war alles nur ein Traum, doch im Traum hatte sie die Wirklichkeit noch einmal durchlebt. Tränen liefen ihr wieder die Wangen hinunter. Phil war tot – was würde aus seiner Familie werden? Pferde waren getötet worden. Sie hatte niemals gehört, daß selbst die alten Hasen der Rennbahn von einem so schlimmen Unfall erzählt hätten.

„Lieber Gott, vielen Dank, daß du mich bewahrt hast." Sie unterbrach ihr Gebet. *Warum gerade ich? Warum ist Phil gestorben und nicht ich? Wer entscheidet darüber? Und warum? Alles ist so schnell gegangen – und war so sinnlos. Es macht einfach keinen Sinn.* Sie versuchte, diese Gedanken zu verdrängen. Doch als sie ihre Augen zukniff, kam der Schmerz in ihrem Kopf zurück.

Sie konnte diese kleine, nagende Stimme in ihr einfach nicht zum Schweigen bringen. *Jetzt weißt du, warum deine Mutter sich so viele Sorgen macht. Egal wie gut du reitest, ein Unfall kann immer passieren.*

Tanja wünschte, diese Stimme würde endlich Ruhe geben. Sie wollte wieder einschlafen. „Und Jesus, hilf meiner Mama. Ich weiß, wie schlecht es ihr geht. Sei auch bei der Familie Schneider, hilf ihnen und all den anderen, die bei diesem Unfall verletzt worden sind. Amen." Sie zog sich die Decke bis zum Kinn und schlief wieder ein.

Irgendwann in der Nacht wachte Tanja auf, weil sie zur Toilette mußte. Als sie an dem Schlafzimmer ihrer Eltern vorbeiging, hörte sie, wie diese sich unterhielten.

„Ich halte das nicht mehr aus", sagte ihre Mutter gerade schluchzend. „Es hätte auch Tanja treffen können. Sie war dabei."

Tanja hörte ihren Vater beruhigend auf sie einsprechen.

„Ich – kann – einfach – nicht – mehr!"

Tanja schlich sich ins Badezimmer und schloß leise die Tür.

Das ist alles deine Schuld, hörte sie wieder ihre innere Stimme.

Draußen war es schon hell, als sie sich aufrappelte, um wieder ins Badezimmer zu gehen. Eigentlich war alles gar nicht so schlimm. Sie erschrak fürchterlich, als sie in den Spiegel schaute. Gestern hatte sie sich noch nicht einmal gewaschen. Ihr Gesicht war schlammverschmiert; man konnte genau sehen, wo ihre Schutzbrille gesessen hatte. Mit einem nassen Waschlappen wischte sie den schlimmsten Dreck weg und legte sich wieder ins Bett. Für acht Uhr morgens war es ungewöhnlich still im Haus.

Vielleicht hatte sie nur geträumt, daß sich ihre Eltern in der Nacht unterhalten hatten. *Ich hoffe es*, dachte sie. *Was soll ich nur tun, wenn sie mir das Reiten verbieten?*

Um zehn Uhr wachte sie hungrig auf. Nachdem sie vorsichtig nach unten gegangen war, betrat sie die leere Küche. Eins war sicher, sie fühlte sich viel besser als gestern abend. Wo steckten sie nur alle? Waren sie etwa zur Kirche gefahren, ohne ihr Bescheid zu geben? Sie gab Müsli in eine Schüssel, goß kalte Milch darüber und setzte sich an den Tisch. Nachdem sie das Müsli und einen Toast gegessen hatte, suchte sie nach einer Nachricht beim Telefon. Nichts.

Sie schaute zum Fenster hinaus zur Auffahrt hin. Alle Autos standen auf ihren Plätzen. Papa und David mußten also irgendwo im Stall sein. Zitternd ging sie zu ihrem Bett zurück. Als sie beim Elternschlafzimmer vorbeikam, öffnete sie die Tür und schaute hinein. Im abgedunkelten Raum konnte sie eine Gestalt im Bett ihrer Mutter ausmachen.

Tanja blieb in der Tür stehen. „Mama?“ Keine Antwort. Was konnte passiert sein? Ihre Mutter schlief doch nie so lange. Sie war morgens immer als erste auf, weil sie die frühen Morgenstunden liebte. Und den Gottesdienst versäumen? Konnte es sein, daß mit ihrer Mutter wirklich etwas nicht stimmte?

Kapitel 3

„Ist Mama krank?“ fragte Tanja, als ihr Vater zur Tür hereinkam. „Nun ja –“ Hal nahm sich die Zeit, seine Jacke aufzuhängen, bevor er antwortete. „Das hängt davon ab, was du unter ‚krank‘ verstehst. Sie hat keine Grippe oder Erkältung.“

„Sondern?“

„Ich denke, sie braucht einfach mal eine Weile Ruhe.“

„Wegen des Unfalls?“

„Deswegen, und wegen all dem anderen, was in den vergangenen Monaten gewesen ist.“ Hal sank in seinen Lehnstuhl und wärmte sich die Hände am Ofen. „Setz dich, Tanny. Vielleicht kannst du mir helfen.“

Tanja setzte sich sehr vorsichtig, weil ihr Magen immer noch revoltierte, wenn sie sich zu heftig bewegte. Außerdem hatte sie eine Menge blauer Flecke von dem Sturz. Sie starrte ihren Vater an und wartete gespannt auf das, was er ihr zu sagen hatte. *Bitte, bitte laß ihn jetzt nicht sagen, daß ich mit dem Reiten aufhören soll,* bat sie im Stillen.

„Ich denke, wir sollten jetzt so für deine Mutter sorgen, wie sie immer für uns gesorgt hat.“

Tanja kniff die Augen zusammen und knirschte mit den Zähnen. *Er kann es nicht tun. Er kann mich nicht bitten, mit dem Reiten aufzuhören. Er kann es einfach nicht!* Sie öffnete ihre Augen wieder. Tränen stiegen in ihr hoch.

„Ich weiß, daß es dir im Augenblick nicht besonders gut geht, aber wenn du mit den Vorbereitungen für das Abendessen beginnst, werde ich dir dabei helfen."

Abendessen! Das Wort drang langsam in ihr Bewußtsein ein. *Abendessen!* Erleichtert fing sie an zu lachen und umarmte ihren Vater. „Natürlich, Papa. Das mache ich doch gern."

Tanja fühlte sich leicht und beschwingt, als sie in der Küche arbeitete, obwohl sie sich nur sehr vorsichtig bewegte. Sie schaute im Gefrierschrank nach. Sie konnte das Hühnchen auftauen und braten. Kartoffeln – ihr Vater konnte sie schälen. Gemüse war genug da. Mais wäre gut. Und während sie über das Abendessen nachdachte, jubelte sie innerlich. Sie würde weiter reiten!

Doch die Mutter war zum Abendessen nicht aus ihrem Zimmer gekommen. Sie wollte auch nichts gebracht haben; Papa sagte, sie sei nicht hungrig. Obwohl es Tanja und ihrem Vater Spaß machte, das Abendessen zuzubereiten, war etwas nicht in Ordnung. Ihre Mama war immer dagewesen. Wenn sie fort wäre – aber das war genau das Problem. Sie war nicht fort. Sie lag oben im Schlafzimmer, und Papa sagte, daß sie nicht richtig krank sei.

Auch David sagte nicht viel beim Abendessen. Keiner sagte viel.

„Wie geht es Spitfires Bein?" Tanja schaute David an.

„Och, besser."

„Hilft die Ultraschallbehandlung?"

„Ich glaube."

Hal starrte auf seinen Teller. „Danke, Tanja." Er schob seinen halbvollen Teller beiseite. „Es tut mir leid, aber ich glaube, ich bin auch nicht besonders hungrig. Ich denke, ich werde mich eine Weile zu eurer Mutter setzen."

Durch ein Klopfen an der Haustür wurde er abgelenkt. Er ging durch den Flur und öffnete. „Guten Abend, Pastor Mort. Wie schön, Sie zu sehen. Kommen Sie herein. Wir sind gerade mit dem Abendessen fertig. Möchten Sie eine Tasse Kaffee?"

Tanja wollte aufspringen, besann sich aber eines besseren und erhob sich vorsichtig. „Schnell, David, räum den Tisch ab. Ich werde Kaffee aufsetzen und …"

Die beiden Männer betraten das Eßzimmer.

„Wie geht es dir, Tanja?" Pastor Mort streckte ihr die Hand entgegen. „Ich habe gehört, daß du in diesen schrecklichen Unfall gestern verwickelt warst." Er drückte ihr fest die Hand und klopfte ihr freundschaftlich auf die Schulter. „Ich wollte mich persönlich davon überzeugen, wie es dir geht. Hallo, David. Schön, dich zu sehen." Er schaute in die Küche. „Ist Margret nicht da?"

„Setzen Sie sich", sagte Hal. „Ich bin froh, daß Sie vorbeigekommen sind."

Tanja nahm die Teller und flüchtete sich in die Küche. „Ich werde Kaffee machen." Mit einem Ohr hörte sie der Unterhaltung zu, während sie die Kaffeekanne mit Wasser füllte und darüber nachdachte, daß sie schlimmer aussah als eine ins Wasser gefallene Ratte. Wenigstens hatte sie heiß geduscht und sich den Schmutz abgewaschen. Aber sie trug das viel zu große Sweatshirt, das sie angehabt hatte, als sie sich einmal den Arm gebrochen hatte. Tanja holte Tassen aus dem Schrank und legte Plätzchen auf einen Teller. Als der Kaffee fertig war, brachte sie das Tablett ins Eßzimmer.

„Danke, Tanja." Pastor Mort lächelte sie an, als sie ihm eine Tasse reichte. „Schwarz, genau, wie ich ihn mag."

„Bitteschön." Ihr Lächeln war etwas gezwungen, denn ihr wurde bewußt, daß sie vergessen hatte, ihn zu fragen, ob er Milch und Zucker nahm. Ihre Mutter vergaß so etwas niemals. Sie sollte jetzt eigentlich hier sein. „Sonst noch etwas, Papa?“ Sie stellte ihrem Vater eine Tasse hin.

Das Zwinkern in den Augen ihres Vaters zeigte ihr, daß er genau wußte, was sie dachte. „Vielen Dank, Tanny.“

„Na, ich gehe jetzt besser in den Stall und mache meine Arbeit.“ Beim Aufstehen schnappte sich David einen Keks. „War schön, Sie zu sehen, Herr Pastor.“

Tanja begann, die restlichen Teller vom Tisch zu räumen, besann sich aber dann eines besseren. Vielleicht könnten sich die beiden Männer darüber unterhalten, wie ihrer Mutter zu helfen wäre, wenn sie sie allein ließ. Vielleicht konnte Pastor Mort Margret sogar dazu bringen, ihr Zimmer zu verlassen. „Ich komme gleich nach“, rief sie David nach.

„Es ist noch jede Menge Kaffee da“, sagte sie, als sie die Schüsseln mit dem restlichen Abendessen hochnahm.

„Bist du bereit für das große Rennen?“ fragte Pastor Mort.

„Ich hoffe. Falls es Spitfires Bein besser geht, und falls –“ Sie schaute zu ihrem Vater hinüber. „Oder besser, wenn.“ Hal lächelte sie an. „Ich muß mir immer wieder ins Gedächtnis rufen, daß ‚falls‘ nicht zählt.“ Tanja gab das Grinsen des Pastors zurück. Sie zitierte seine eigenen Worte.

„Das ist schön für dich, Tanja.“ Der Pastor nickte ihr zu. „Du hast die richtige Einstellung, und ich weiß, daß es dir nicht leichtgefallen ist, sie zu bekommen.“

„Vielen Dank. Bis später.“

Tanja schnappte sich einige Möhren aus dem Kühlschrank und ging. Auf dem Weg zum Stall brach sie die Möhren in Stücke. Caesar kam ihr bellend entgegen. Tanja tätschelte ihn und kraulte ihn hinter den Ohren.

„Hallo, mein Süßer." Caesar leckte ihr blitzschnell über Nase und Kinn. „He, hör auf damit. Ich habe mich heute schon gewaschen." Caesar wedelte mit dem Schwanz und leckte schnell noch einmal.

Tanja atmete tief durch. Als die Pferde im Stall ihre Stimme hörten, wieherten sie laut. Sie hörte, wie David mit ihnen sprach, während er mit dem Futter von einer Box zur anderen ging. Ein Fasan balzte draußen im Feld. Tanja schaute zum Zaun hin, um ihn auszumachen. Wieder atmete sie tief ein. Es roch nach Frühling – nach wachsendem Gras, frisch gepflügter Erde und vor allem nach Stall. Sie grinste den Hund an, der zu ihren Füßen saß. „Los, Bursche, wir wollen nach unseren Lieblingen sehen."

Sie gab allen Rennpferden ein Stück Möhre und streichelte ihre Köpfe. Spitfire blies ihr wie immer Hafer ins Gesicht. Dan bettelte um mehr, sowohl Möhren als auch Liebkosungen. Selbst Philip schien froh zu sein, sie zu sehen. Er leckte ihre Finger, als er sein Möhrenstück von ihrer Hand nahm.

Tanja verließ den Stall und ging zur Weide hinter dem alten Stall, wo die beiden Fohlen mit ihren Müttern weideten. Als sie pfiff, kam Miss Tanny, das Stutfohlen, an den Zaun getrottet. Sie war an Tanjas Geburtstag im September geboren worden. Sie hatte bereits ihr Babyfell verloren und bekam tiefschwarzes Fell mit einem weißen Fleck auf der Stirn. Doppelstern, das Hengstfohlen, das erst im Januar zur Welt gekommen war, zögerte, dem Stutfohlen zum Zaun zu folgen.

„Ihr zwei seid entschieden die süßesten Babys, die es gibt." Tanja kraulte Miss Tanny hinter den Ohren und strich ihr über die Mähne. Sie behielt Doppelstern im Auge und wartete darauf, daß er angetrottet kam. Miss Tanny schubste Tanja leicht. „Laß das lieber sein, Mädchen, schon bald wirst du so groß sein, daß du mich leicht umschubsen kannst." Tanja streichelte liebevoll die weiche Nase des Fohlens und kitzelte es an der Oberlippe. Miss Tanny schüttelte den Kopf und knabberte an Tanjas Fingern. Dann beschnüffelte sie Tanjas Taschen, um zu sehen, ob noch mehr Leckerbissen für sie da waren.

Tanja nahm das Stutfohlen am Halfter und öffnete das Tor, um auch die Stute zu holen. Während sie die beiden zum Stall brachte, begannen Doppelstern und seine Mutter mit kräftigem Wiehern zu protestieren. „Ich komme gleich zurück", versprach Tanja.

Kurze Zeit später, nachdem die Mütter mit ihren Fohlen im Stall und mit Wasser und Futter versorgt waren, verließ Tanja langsam den Stall. Sie konnte David unten auf der Weide ausmachen. Er sah dort nach den Pferden. Gerade befestigte er ein Führseil am Halfter der hochträchtigen Stute und brachte sie den Weg hinauf. Tanja ging zum Stall zurück und bereitete die Abfohlbox vor.

„Denkst du, daß es heute nacht kommt?" fragte sie David, der die Stute in die frisch eingestreute Box brachte.

„Wir gehen besser auf Nummer sicher." David hakte das Führseil aus und tätschelte den Hals der Stute. „Die Kolostralmilch ist schon da, und sie scheint mir ein bißchen unruhig zu sein. Ich werde heute abend mehrmals nach ihr sehen."

Tanja stützte ihre Arme auf der Stalltür ab und legte ihr Kinn darauf. Sie beobachtete die Stute, die genüßlich ihr Heu kaute. „Es ist doch wirklich seltsam, nicht? Wenn man bedenkt, daß ein Pferd die Wehen regulieren und selbst entscheiden kann, wann es sein Fohlen zur Welt bringen will."

„Ja, das hilft ihnen in freier Wildbahn, sich vor Räubern zu schützen."

„Ich weiß. Adam Finley hat Videokameras und Mikrophone in seinem Fohlenstall, damit er sehen und hören kann, wann eine Stute fohlt. Du solltest seine Ausrüstung sehen, David. Es ist unglaublich."

„Natürlich würde durch so etwas alles sehr erleichtert, doch wenn hier nur eine oder höchstens zwei Stuten fohlen, wäre das alles ein bißchen teuer."

„Ich weiß, aber träumen darf man doch wohl, oder?"

David klopfte ihr liebevoll auf die Schulter. „Komm, kleine Träumerin. Sag deinen Freunden gute Nacht und laß uns gehen."

„Tschüß, ihr zwei", rief Pastor Mort, als sie den Weg hinaufkamen. Sie winkten und beobachteten, wie sein Wagen die Auffahrt hinunterfuhr.

„Denkst du, daß er mit Mama gesprochen hat?" Tanja bohrte ihre Stiefelspitze in den Kies.

„Ich hoffe. So habe ich sie noch nie erlebt." David steckte die Hände in die hinteren Taschen seiner Jeans.

„Hast Angst, ja?"

„Ja."

„Wie geht es Mama?" fragte Tanja, nachdem sie die Tür hinter sich geschlossen hatten.

Ihr Vater zuckte mit den Schultern und schüttelte den Kopf.

Als Tanja später das dunkle Schlafzimmer betrat, flüsterte sie: „Mama?" Aber sie bekam keine Antwort. Leise verließ sie das Zimmer wieder. Sie wünschte, sie könnte etwas sagen oder tun, das ihrer Mutter helfen würde.

Kaum hatte Tanja nach ihrem Abendgebet die Augen geschlossen, als die Alpträume sie wieder überfielen. Sie spürte, wie sie durch die Luft flog. „Oh!" Kerzengerade saß sie im Bett. Sie blinzelte mit den Augen, um ihren Kopf klarzubekommen. Ihr Mund war ganz trocken und ihr Herz klopfte, als hätte sie ein Rennen hinter sich.

Seufzend legte sie sich wieder hin und betrachtete das Muster an ihrer Decke. Die Schatten der Zweige, die sich im Wind bewegten, tanzten über ihr. Tanja zwang sich, die Augen offen zu halten. Sobald sie wieder einschlief, würden die schrecklichen Geräusche und Bilder bestimmt zurückkehren.

Denk an etwas Schönes, Gutes ... an Jesus, flüsterte ihr ihre innere Stimme zu. *Im Nebel hat es doch auch geklappt, nicht wahr?*

Tanja mußte lächeln. Das stimmte. Als sie die Augen schloß, stellte sie sich Jesus vor, wie er auf einem Stein saß und die Kinder um sich scharte. Er lächelte.

Sie schlief ein. Und hatte keine Alpträume mehr.

Als ihr Wecker klingelte, streckte sich Tanja und gähnte. Ganz bestimmt fühlte sie sich besser als gestern. Im Haus war es still. Die Tür zum Schlafzimmer ihrer Eltern war immer noch geschlossen.

„Hallo, Tanny", sagte ihr Vater, als sie um die Ecke ins Eßzimmer spähte.

„Ist Mama ..."

Hal zuckte mit den Schultern. Er rieb sich die Stirn, als hätte er Kopfschmerzen. „Ich weiß es nicht." Er atmete tief durch. „David ist unten im Stall bei der Stute, sie hat heute nacht gefohlt. Ich werde dich zur Schule fahren. Es ist übrigens ein Stutfohlen", beantwortete er ihre Frage, noch bevor sie sie gestellt hatte. „Und ja, es geht ihr gut, und nein, du hast keine Zeit mehr, sie dir vor der Schule noch anzusehen."

„Du könntest mich wenigstens auch einmal zu Wort kommen lassen."

„Warum? Du würdest mich dann nur überreden wollen, dir zu erlauben, sie doch noch anzusehen."

Tanja grinste. Ihr Vater hatte recht. Während sie duschte und sich anzog, dachte sie die ganze Zeit über ihre Mutter nach. Was war eigentlich los? Ihre Mutter konnte sich doch nicht einfach so ausklinken. Vielleicht war sie wirklich krank und sagte nur nichts. Bei dem Gedanken hörte sie auf, sich die Zähne zu putzen. Ihre Mama konnte doch nicht auch noch krank sein. Sie durfte einfach nicht! Hatten sie nicht schon genug Probleme mit der Krebskrankheit ihres Vaters? Ihr Magen krampfte sich zusammen.

*

„Fährst du mit Mama heute zum Arzt?" fragte sie, kurz bevor sie bei der Schule aus dem Wagen stieg.

„Mal sehen. Sprich auf jeden Fall heute mit Frau Olson. Du weißt, daß sie dir einen Aufgabenplan zusammenstellen muß für die Zeit, wo du fort bist."

„Ich weiß." In der Regel versetzte der Gedanke an das große Rennen sie in höchste Aufregung. Heute war das anders. „Bis später." Sie winkte noch einmal, warf sich ihre Tasche über die Schulter und ging auf das Schulhaus zu.

Am Nachmittag hatte Tanja schreckliche Kopfschmerzen. Der Doktor hatte sie vor dem Lesen gewarnt, und er hatte tatsächlich recht gehabt. Die Wörter und Sätze tanzten vor ihren Augen und verschwammen. Außerdem hatten so viele ihrer Kameraden sie nach dem Unfall gefragt. Und jedesmal, wenn sie an Phil und seine Familie dachte, stiegen ihr die Tränen in die Augen.

„Schlimm, was?" Frau Olson nahm Tanjas Hand, als sie sich auf den Stuhl vor ihrem Tisch setzte. „Man sieht dir an, daß es dir nicht gutgeht. Wie kann ich dir helfen?"

„Wir werden Spitfire am fünfzehnten April nach Kentucky bringen. Ich werde am achtzehnten hinfliegen. Das Rennen findet am sechsten Mai statt." Tanja machte eine Pause.

„Und dann?"

„Das weiß ich noch nicht. Sehen Sie, das Problem ist, daß niemand sonst Spitfire reiten kann. Wir können also über die anderen Rennen erst entscheiden, wenn das Derby vorbei ist."

„Wenn du also gewinnst, könnte es sein, daß du noch länger bleibst?"

„Könnte sein." Tanja konnte sich kaum noch konzentrieren. Die Kopfschmerzen waren jetzt unerträglich.

„Tanja, du wirst ja hier vor meinen Augen grün. Was ist denn los?"

„Ich hatte am Samstag eine leichte Gehirnerschütterung und ..."

„Und solltest zu Hause im Bett liegen." Frau Olson schüttelte den Kopf, lächelte sie aber gleichzeitig an. „Warum legst du dich nicht ins Krankenzimmer?" Sie sah auf ihre Uhr. „Die Schule ist in einer halben Stunde aus. Ich werde Chris wissen lassen, wo du bist."

Tanja nickte vorsichtig. „Vielen Dank."

„Und, Tanja, ich werde deine Lehrer über die Termine unterrichten. Sie können dir dann ein Arbeitsprogramm mitgeben."

„Dir geht's nicht gut, was?" fragte Sonja, als sie und Chris mit Tanja zu Chris' Auto gingen.

„Besser als noch vor einer Weile." Tanja setzte sich vorn ins Auto und legte den Kopf gegen die Kopfstütze. Die Kopfschmerztabletten schienen zu wirken.

Als der Wagen in ihrem Hof anhielt, öffnete sie die Augen. Ein fremdes Auto war neben ihrem Familienauto geparkt. „Bis später, Leute."

„Ich komme in etwa einer halben Stunde zum Arbeiten. Du wirst doch nicht reiten, oder?" fragte Chris.

„Eigentlich hatte ich das schon vorgehabt, aber jetzt werden du und David das Vergnügen haben." Mit einem Knall flog die Tür hinter ihr zu.

Sie blieb im Flur stehen. Der Wagen gehörte Pastor Mort. Er und ihre Eltern waren im Wohnzimmer und beteten. Tanja sagte auch „Amen", begrüßte sie und ging in ihr Zimmer. Das Bett lockte sie mit zurückgeschlagener Decke. *Wenigstens saß Mama in ihrem Sessel.* Dieser Gedanke ging ihr durch den Kopf, bevor sie ihre Augen schloß.

Das Abendessen verlief wieder sehr schweigsam. „Deine Mutter schläft", sagte Hal. Tanja unterdrückte ihre Fragen, als sie in das Gesicht ihres Vaters blickte.

„Morgen ist Phils Beerdigung." Hal blickte Tanja und David an. „Ihr müßt nicht hingehen, wenn ihr nicht wollt."

„Ich werde gehen", sagte David.

Tanja spürte, wie sich ihr Magen zusammenkrampfte. „Ich werde auch gehen", flüsterte sie. *Aber ich bin noch nie bei einer Beerdigung gewesen,* wollte sie schreien.

Kapitel 4

„Ich vermag alles durch Christus, der mir Kraft gibt." Immer wieder sagte sich Tanja diesen Vers vor. „Alles. Ich kann alles, auch zu dieser Beerdigung gehen." *Aber ich möchte gar nicht gehen. Ich möchte nicht, daß Phil tot ist.* Sie schaute im Spiegel in ihr tränenüberströmtes Gesicht.

Der Morgen war viel zu schnell gekommen. David und ihr Vater saßen im Eßzimmer und frühstückten. Margret war immer noch nicht aus ihrem Zimmer herausgekommen. Und Tanja – sie hatte das große Bedürfnis, den Kopf unter ihr Kissen zu stecken. Wenn ihre Mutter das tat, warum konnte sie das nicht auch?

Sie schob diesen Gedanken beiseite, wie sie es mit allen Fragen tat, die sie nicht beantworten konnte. Ihrer Mutter mußte es wirklich schlecht gehen. Was, wenn sie ernsthaft erkrankt war und niemand es ihr sagte? Vielleicht hatte sie eine ganz schreckliche Krankheit. Warum war sie nicht zum Arzt gegangen? Wieder eine Frage, die sie beiseite schieben mußte.

„Ich habe solche Angst", gestand sie sich schließlich ein. Sie verschränkte die Arme auf der Spiegelablage und ließ den Kopf darauf sinken. Solche Angst. So besorgt. *Genau wie meine Mutter.*

Tanja trocknete sich die Tränen und fuhr sich mit der Bürste durch die Haare. Das war nicht ganz einfach, jetzt, wo sie sich die Haare hatte wachsen lassen. Sie knirschte mit den Zähnen. Anscheinend war das wieder einer von *diesen* Tagen. Sie würde mit ihrer Mutter sprechen müssen.

Als sie die Badezimmertür öffnete, konnte sie hören, wie sich die Männer im Eßzimmer unterhielten. Auf Zehenspitzen schlich sie durch den Flur und klopfte an die Tür zum Elternschlafzimmer. Da sie keine Antwort erhielt, öffnete sie die Tür und ging in den abgedunkelten Raum. Nachdem sich ihre Augen an die Dunkelheit gewöhnt hatten, konnte sie ihre Mutter sehen, die mit dem Gesicht zum Fenster auf der Seite lag.

„Mama?" Langsam ging sie um das Bett herum und hockte sich vor die bewegungslose Gestalt nieder.

Margret öffnete die Augen.

„Bist du krank, Mama? Was ist denn los? Kann ich dir etwas bringen?"

Margret schüttelte den Kopf. „Nein, laß mich nur allein."

„Aber – aber – du hast nichts gegessen. Du – du – wir brauchen dich doch." Tanja streckte die Hand aus, um sie auf die Schulter ihrer Mutter zu legen.

Margret zuckte zurück. „Ich kann – ich will jetzt nicht mit dir sprechen." Sie schloß ihre Augen wieder.

Tanja starrte auf das blasse, von glanzlosen Haaren umgebene Gesicht ihrer Mutter. „Aber Mama ..." Ihre Worte verhallten. Sie stand wieder auf. Was sollte sie tun?

Tränen rannen unter den geschlossenen Wimpern ihrer Mutter hervor und tropften unbeachtet auf das Kissen. Tanja mußte sich zusammennehmen. Auch sie hatte heute sehr dicht am Wasser gebaut und mußte schniefen. Sie kaute auf ihrer Unterlippe herum. „Ich werde später mit dir sprechen, nach der Beerdigung." Sie war nicht sicher, ob das eine Bitte oder ein Versprechen war.

Tanja schloß die Tür hinter sich und ging in die Küche. Als sie am Kamin vorbeikam, fiel ihr Blick auf den Kaminsims. Der geschnitzte Holzadler, den sie ihrem Vater zu Weihnachten geschenkt hatte, war für sie alle zum Symbol der Stärke geworden. Sie preßte den Adler an sich, schlich damit zum Zimmer ihrer Mutter zurück und stellte ihn auf das Nachtschränkchen, wo sie ihn sehen mußte. Die Schwingen des Adlers – wenn jemand sie im Augenblick brauchte, dann ihre Mutter.

„Ich vermag alles", diese Worte begleiteten sie, als sie die breiten Treppen zur Kirche hinaufstieg, in der die Beerdigung stattfand. Mit einer Hand klammerte sie sich an den Arm ihres Vaters, mit der anderen an Davids. Verbissen kniff sie die Lippen zusammen, aber auch das half nicht, die Tränen zu unterdrücken.

Blumen in verschiedenen Farben waren um den Altar und den Sarg herum angeordnet. Ein Kranz aus roten Rosen, wie ein Siegerkranz, lag auf dem glänzenden Holz. Orgelmusik erfüllte die Kirche und übertönte das leise Gemurmel der Leute in den überfüllten Bänken. Tanja erkannte Pferdebesitzer, Trainer, Jockeys und Stallburschen. Es hatte den Anschein, daß alle, die irgend etwas mit der Rennbahn zu tun hatten, da waren.

Die Lieder, die Predigt, die Ansprachen von Phils Freunden rauschten an ihr vorbei, während sie einen Kampf gegen die Tränen und Schluchzer führte, die durchzubrechen drohten. Ein Vers blieb bei ihr hängen: „Er hat den guten Kampf gekämpft, er hat den Lauf vollendet, er hat den Glauben gehalten; hinfort liegt für ihn bereit die Krone der Gerechtigkeit ..."

Hal reichte ihr ein Taschentuch. „Ich habe noch eins mitgebracht", flüsterte er ihr ins Ohr, während er sich selbst über die Augen fuhr.

Sechs Jockeys in ihren Jockeyblusen trugen den Sarg hinaus.

Nachdem der Pastor noch einige Worte am offenen

Grab gesprochen hatte, spielte ein Rennkommissar in rotem Mantel auf dem Waldhorn das Signal zum Aufgalopp. Tanja hatte den Eindruck, salutieren zu müssen. Statt dessen wischte sie sich über die Augen und ging, wie die anderen, zum Auto zurück. Die Frauen der Kirche hatten für alle ein Büffet vorbereitet.

Tanja war stolz auf ihren Vater, als er ihre Beileidskarte auf den Tisch stellte. Sie wußte, daß sie einen Scheck über 2.000 Dollar enthielt, den Beitrag des Evanston-Hofs zu dem Fonds für die trauernde Familie. Jockeys, Pferdebesitzer und Trainer aus dem ganzen Land würden ihren Beitrag zu dem Fonds leisten, ob sie denjenigen, der in Schwierigkeiten war, nun kannten oder nicht. Wie die anderen Jockeys auch spendete Tanja die Startgebühr für ein Pferd. Das war so üblich auf der Rennbahn.

Doch ihr Vater war dafür bekannt, daß er denjenigen half, die in Not geraten waren. Er sagte, auf diese Weise könne er ein wenig von dem wiedergutmachen, was Gott ihnen gegeben habe. Der warme Glanz in Tanjas Augen wurde durch die Tränen nicht gelöscht, die sie vergoß, als sie Frau Schneider die Hand drückte.

Wieder zu Hause, zog sie sich um; sie hatte Lust, sich ins Bett zu legen. Doch statt eines Mittagschläfchens ging sie zum Stall hinunter. Eigentlich sollte sie noch für einige Stunden zur Schule gehen, aber dazu konnte sie sich nicht aufraffen. Sie blieb bei jedem Pferd stehen und streichelte es. Leises Schnauben und Wiehern begrüßten sie, so als wären die Pferde erstaunt, sie zu sehen.

Nachdem sie die Tür zu Spitfires Box geöffnet hatte, schlüpfte sie hinein und lehnte sich gegen seinen kräftigen Körper. Sie schlang ihre Arme um seinen Hals und legte ihre Wange gegen seine rauhe, schwarze Mähne. *„Er läßt dich auffahren mit Flügeln wie der Adler …"* Diese

Liedzeile fiel ihr wieder ein. „Ich frage mich", flüsterte sie vor sich hin, „ob das so ist, wenn man stirbt?" Spitfires Ohren zuckten, und er schubste sie gegen die Schulter, als ob er ihr zustimmen wollte.

„Vielen Dank, lieber Gott, daß es meinem Vater besser geht." Innerlich sang sie weiter: *„... und wird dich in seiner Hand halten."* Tanja summte die Melodie leise vor sich hin, kraulte Spitfire noch einmal zwischen den Ohren und verließ den Stall. Das Lied klang noch in ihr nach, als sie zu der Koppel ging, wo die beiden Fohlen mit ihren Müttern weideten.

*

„Was machen wir mit Mama?" fragte Tanja an diesem Abend, nachdem sie wieder einmal ein Abendessen ohne die Mutter hinter sich gebracht hatten.

„Weiter beten."

Sag ihm, daß du mit dem Rennreiten aufhörst, wenn das helfen würde, flüsterte der kleine Quälgeist ihr ins Ohr.

Ich kann nicht! schrie sofort die andere Stimme.

Nicht einmal dann, wenn deine Mutter dadurch wieder in Ordnung käme? Tanja preßte die Lippen zusammen. Wenn sie diese Stimmen doch nur zum Schweigen bringen könnte.

Tanja schaute auf. Der Blick ihres Vaters ruhte liebevoll und voller Verständnis auf ihr.

„Mach dir keine Gedanken, Tanny. Das kommt schon wieder in Ordnung."

Seltsam, dachte Tanja, als sie an diesem Abend in ihr Bett kroch. *Papa sagt mir, ich solle mir keine Gedanken machen. Aber genau das macht Mama doch – sie macht sich Sorgen. Menschen können davon krank werden – ist es nicht so?*

Am nächsten Nachmittag, als sie zum ersten Mal

nach dem Unfall wieder auf einem Pferd saß, war sie recht unsicher. Jedesmal wenn sie die Augen schloß, hörte sie die Schreie der Menschen und Pferde. Sie biß die Zähne zusammen, um nicht zu zittern.

Verzweifelt versuchte sie, sich auf die Anweisungen des Trainers zu konzentrieren. „Er ist gut in Form; es dürfte heute nicht allzu schwierig werden. Er haßt es, Dreck ins Gesicht zu bekommen, deshalb wird er sich an die Spitze setzen. Nimm die Peitsche, wenn es sein muß."

Tanja nickte. Sie machte nur ungern Gebrauch von der Peitsche. Als das Waldhorn zum Aufgalopp blies, krampfte sich ihr Magen zusammen. Ein beißender, bitterer Geschmack kam ihr in den Mund.

„Alles in Ordnung?" fragte der Reiter auf dem Leitpferd.

„Ja, ja, ich bin okay." Tanja verschluckte sich fast an der Lüge. Es ging ihr gar nicht gut. Sie wußte, daß sie sich selbst besser unter Kontrolle haben mußte, sonst würde sie niemals ihr Pferd unter Kontrolle haben.

Du fürchtest dich, flüsterte ihre innere Stimme ihr ins Ohr. *Du hast Angst!*

*

Das Pferd tänzelte und schnaubte, als es in die Startbox gebracht wurde. Die Tore schlossen sich hinter ihnen, und das Tier hob seinen Kopf. Tanja faßte die Zügel straffer. Ihre Stimme zitterte zwar zuerst, doch sie zwang sich, auch weiter leise auf den Hengst einzureden. Das beruhigte nicht nur das Pferd, sondern auch sie.

Gerade wurde das letzte Pferd in die Startbox gebracht. Tanja konzentrierte sich auf den Fleck zwischen den Ohren des Pferdes. Und schon ging's los.

Ihr Pferd zögerte kurz, bevor es aus der Box sprang und stolperte. Tanja ließ die Zügel länger, damit es sich auf den Beinen halten konnte. Vor ihnen drängten sich die anderen Pferde in einem Pulk.

„Komm schon, du Faulpelz. Ich dachte, du magst es nicht, Dreck ins Gesicht gespritzt zu bekommen." Ihr Pferd fand jetzt seinen Rhythmus. „Na los, Baby, wir müssen die verlorene Zeit aufholen."

Sie kamen aus der ersten Kurve und holten die Pferde ein, die sich vor ihnen drängten. Tanja entdeckte eine Lücke zwischen zwei vor ihr laufenden Pferden und lenkte ihres genau darauf zu, bis sie gleichzogen.

Sie konnte nicht. Die Geräusche hallten in ihr wider. Schreie. Pferde stürzten.

Tanja hielt ihr Pferd zurück und lenkte es außen herum.

Sie schafften nicht einmal eine Plazierung.

Tanja konnte dem Besitzer und Trainer kaum in die Augen schauen. „Es tut mir leid." Den Sattel an sich gepreßt stieg sie auf die Waage. Sie hatte gekniffen.

Ihr war ganz elend zumute.

Kapitel 5

Das nächste Rennen verlief nicht viel besser.

„Ist mit dir alles in Ordnung?“ fragte Bob Diego. „Du bist so gar nicht du selbst.“

„Nein, mir geht es gut – wirklich.“ Tanja umklammerte die Zügel und atmete tief durch. Vielleicht sollte sie wirklich aufhören.

„Manchmal fällt es einem Reiter schwer, nach einem so schweren Unfall wieder ein Pferd zu besteigen. Du sagst mir, falls das bei dir der Fall ist, ja?“

Tanja spürte die Tränen, die ihr wieder in die Augen stiegen. Oh, wenn nur ihr Vater hier wäre! Sie schluckte. „Nein, nein. Ich bin in Ordnung.“

Ihr Pferd stieg in die Startbox. Tanja konnte sich zwar oben halten, doch die Vorstellung, gegen die Rückwand zu knallen, war im Augenblick nicht gerade das Richtige für ihre Nerven. Sie hatten einen schlechten Start und kamen als sechstes von acht Pferden durchs Ziel.

Tanja haßte es, sich schon wieder entschuldigen zu müssen, doch was konnte sie anderes tun? Dieses schlechte Rennen war nicht unbedingt die Schuld des Pferdes, obwohl es die ganze Zeit über widerspenstig gewesen war. In der Regel konnte sie ein Pferd so weit beruhigen, daß es in der Lage war, ein gutes Rennen zu laufen. Das machte sie zu einem guten Jockey. Tanja rieb sich die Arme, die von dem Kampf mit dem widerspenstigen Tier weh taten.

Sie brauchte erst beim zehnten und letzten Rennen wieder anzutreten. *Ich sollte Papa anrufen. Er kann mir vielleicht darüber hinweghelfen.* Doch sie schob diesen Gedanken schnell wieder beiseite. Wie konnte sie ihm sagen, daß sie Angst hatte?

Angst? Du hast eine Todesangst, klagte ihre innere Stimme sie wieder an. Diesmal schien sie ihre ganze Familie mitgebracht zu haben. Und alle redeten auf sie ein.

Tanja ging durch den Vordereingang hinaus und schlenderte zum Parkplatz hinüber. Die Stimmen hielten mit ihr Schritt.

Angsthase! Angsthase! –

Jetzt verstehe ich, wie meine Mutter sich fühlt.

Wenn du wirklich Christ wärst, würdest du Gott das alles überlassen.

Sorgen und Angst sind dasselbe.

In der Bibel heißt es ‚sorgt euch nicht'.

Tanja hielt sich die Ohren zu. Ihr Vater sagte immer, daß Gott für alles sorgt. Aber wenn das so war, warum lag dann ihre Mutter krank im Bett? Warum war *sie* zu Tode erschrocken? Warum schaute sie mit zitternden Händen und diesem schrecklichen Gefühl in der Magengrube zu, wenn ihre Tochter ritt?

Tanja streckte ihre Hände aus. Sie konnte sie nicht ruhig halten. So konnte sie nicht noch ein Pferd reiten. Entschlossen drehte sie sich um und ging an den parkenden Autos vorbei zur Eingangstür zurück. Sie konnte nicht noch einen Pferdebesitzer enttäuschen, sondern mußte hineingehen und Jason Rogers bitten, sich einen anderen Jockey zu suchen.

„Nein!" Dieser Schrei entrang sich ihrem Herzen. „Bitte, lieber Gott, hilf mir. Ich kann nicht aufgeben." Sie schaute sich um. Allein mit ihren Tränen ging Tanja weiter. *Bitte hilf mir. Du hast es doch versprochen.*

Erinnerst du dich an den Nebel? flüsterte eine leise Stimme.

Tanja nickte. Sie dachte an den Schutzengel in Gestalt eines Lastwagenfahrers, der bei ihrer Reise nach Santa Anita auf der nebligen Autobahn gerade in die Ausfahrt eingebogen war, die zu ihrem Motel geführt hatte.

Sie lehnte sich gegen ein Auto und schloß die Augen. Ihr fiel der Vers wieder ein, den sie sich auf eine Karte geschrieben und an ihre Pinnwand geheftet hatte. *„Ich will dich nicht versäumen noch verlassen."*

„Wenn das stimmt, Gott, warum fühle ich mich dann so allein? Wie kommt es, daß ich solche Angst habe?"

„Siehe, ich bin bei euch alle Zeit, bis an der Welt Ende."

Junge, ich habe den Eindruck, als sei das Ende der Welt schon gekommen. Sie wischte sich die Tränen fort. *Ich habe das Gefühl, als sei ich in Scherben zerbrochen, die über den ganzen Platz verteilt worden sind. Vielleicht käme Mama wieder in Ordnung, wenn ich das Reiten aufgeben würde. Niemals zuvor hatte sie solche Probleme, aber wie kann ich die Reiterei aufgeben?*

Ein altbekanntes Lied kam ihr in den Sinn: *„Jesus liebt mich ganz gewiß ..."*

Tanja hob den Kopf und schaute sich um. Es war so wirklich, daß sie den Eindruck hatte, irgendwo würde ein Plattenspieler laufen. Das war aber nicht so.

Wieder streckte sie ihre Hände aus. Sie zitterten nicht mehr. Tanja schluckte. Ihr Magen revoltierte nicht.

Tanja lief zur Rennbahn zurück, riß die Tür auf und marschierte schnurstracks in die Umkleidekabine der Damen.

Innerlich sang sie alle Strophen dieses Liedes, während sie sich warm machte, indem sie die Arme um beide Schultern schlug, ihren Rücken krümmte und so die Verspannung lockerte. Das Lied klang immer noch in ihr nach, als sie sich vornüber fallen ließ und ihre Knie umschlang.

„Geht es dir gut, Tanja?" Gitte Stokes setzte sich auf die Bank neben sie. Gitte war schon seit zehn Jahren Jockey und ritt für den Evanston-Hof, wenn Tanja nicht konnte.

„Jetzt schon." Tanja löste ihr Haarband und kämmte mit den Fingern durchs Haar. Während sie ihre Kopfhaut massierte, schaute sie die junge Frau neben sich von der Seite her an. „Ich – ich hatte richtige Angst." Die Worte kamen nur zögernd.

„Das passiert uns allen mal. Bei mir war es so, nachdem ich mir den Halswirbel bei einem wirklich üblen Sturz gebrochen hatte." Gitte schlug Tanja freundschaftlich auf die Schulter. „Außerdem ist es ganz gesund, ein bißchen Angst zu haben. Das hält dich davon ab, dumme Fehler zu machen."

„Ja, aber das ist mehr als nur ein bißchen Angst." Tanja schaute ihre Freundin jetzt an. Sie machte eine Pause. „Als du Angst hattest, äh – hast du – hast du da jemals – äh –" Tanja räusperte sich. „Ich bin außen herum geritten, ich konnte nicht zwischen den beiden Pferden durchreiten, obwohl die Lücke so groß war, daß ein Lastwagen hindurchgepaßt hätte."

„So?"

„Deshalb haben wir noch nicht einmal die Startgebühr herausbekommen. Ich habe das Rennen verpatzt."

„Gut, du hast einen Fehler gemacht. Du hattest Angst. Aber du bist mutig genug, darüber zu sprechen. Ich gehe jede Wette ein, daß du noch einmal darüber nachdenken wirst, aber du wirst weitermachen und tun, was du für richtig hältst. Angst zu haben, besonders nach einem so schweren Unfall, wie er letzte Woche passiert ist, ist kein Verbrechen. Das heißt noch lange nicht, daß du eine schlechte Reiterin bist oder versagt hast." Gitte streckte ihre Hand aus. „Willkommen in der harten Realität des Rennreitens."

Tanja suchte in ihrem Ärmel nach einem Taschentuch und schneuzte sich. „Vielen Dank, Gitte." Sie schaute zur Uhr hinüber. „Ich muß gehen, im zehnten Rennen bin ich dran."

Sie gewann. Um eine Nasenlänge, und obwohl sie zuerst hinten lag und alle Pferde überholen mußte. Tanja sprang vom Pferd herunter und hätte Jason Rogers fast umarmt. Aber sie hielt sich gerade noch rechtzeitig zurück und schüttelte nur seine Hand.

Sein Lächeln war fast wie eine Umarmung. „Ich wußte, daß du es schaffst, Tanja. Du hast einen großen Meilenstein überwunden."

Als Tanja nach Hause kam, blieb sie vor der geschlossenen Schlafzimmertür stehen. Sie zögerte kurz und ging dann hinein. „Mama?"

Sie bekam keine Antwort.

Tanja setzte sich auf den Stuhl neben dem Bett. Sie biß sich auf die Unterlippe. „Mama, du mußt aufstehen und wieder mit uns sprechen. Wie können wir dir helfen, wenn wir nicht einmal wissen, was eigentlich los ist?" Sie wartete auf eine Antwort. „Ich hab es heute geschmissen. Zwei Rennen verloren, weil ich Angst hatte." Sie beugte sich vor und berührte die Schulter ihrer Mutter. „Mama, bitte wach auf und sprich mit mir. Schimpf mit mir oder sonst irgendwas – aber sag etwas."

Margret blinzelte mit den Augen. Sie starrte Tanja an und griff dann nach der Hand ihrer Tochter. Ihre Augen schlossen sich langsam wieder.

Tanja seufzte. Sie schüttelte den Kopf und verließ das Zimmer. Was sollten sie nur tun?

An diesem Abend dachte Tanja im Bett noch einmal über den vergangenen Tag nach. Nicht einmal die Tatsache, daß ihre Mutter so apathisch war, konnte die Freude dämpfen, die sie empfand. Sie hatte sich an die Quelle des Lebens um Hilfe gewandt, und ihr war geholfen worden. Sie konnte wieder Rennen reiten.

Er antwortet immer, flüsterte ihr diese leise Stimme zu. *Du magst es nur nicht, wenn er „nein" sagt, oder „warte".*

Tanja dachte darüber nach. Sie beugte sich vor und zog sich die Bettdecke fest um die Schultern. Wie konnte man denn wissen, wenn er sagte: „Warte noch?" Wie war es mit ihrer Mutter? Hatte sie gebetet, daß sie sich nicht mehr so viele Sorgen zu machen brauchte? Würde es ihr helfen, wenn Tanja die Reiterei aufgeben würde? Das Leben konnte manchmal ganz schön schwierig sein. Ihr Gebet an diesem Abend bestand zur Hälfte aus einem Dank an Gott und zur anderen Hälfte aus der Frage, was sie tun sollte. Lächelnd schlief sie ein.

Am Donnerstag morgen ritt Tanja Spitfire zum ersten Mal wieder seit dem Rennen in Santa Anita. Sein Bein war seit zwei Tagen in Ordnung. Auf dem Weg vom Stall zur Rennbahn stieg der blauschwarze Junghengst zweimal auf die Hinterhand. Er warf den Kopf hin und her und zog am Zaumzeug.

„Oh nein, das wirst du nicht." Tanja zog die Zügel fest an. „Du wirst dein Bein nicht sofort wieder ruinieren. Wir werden es an diesem Morgen langsam angehen lassen. Hör nur, wie die Vögel singen. Die Sonne scheint extra für dich." Sie atmete tief durch. Was für ein herrlicher Morgen. Der Duft des Frühlings war mit nichts in der Welt zu vergleichen.

In der zweiten Runde der etwa ein Kilometer langen Rennstrecke lief er wieder gleichmäßig, und nur gelegentlich stieg er kurz hoch, um seine angestaute Energie loszuwerden. Tanja lehnte sich im Sattel vor und tätschelte seinen Hals.

„Du wirst in weniger als einer Woche zum großen

Rennen fliegen – hoffe ich", flüsterte sie ihm in die zuckenden Ohren. „Also sieh zu, daß du wieder in Form kommst." Spitfire nickte. Tanja mußte lachen. Ihr Lachen vertrieb eine Amsel, die auf dem Zaun gesessen und ihnen ihr Lied vorgezwitschert hatte.

Am Donnerstag abend hatten sie einen Familienrat – ohne Margret.

„Ich will ehrlich zu euch sein, Kinder", sagte Hal traurig. „Ich kann nicht wegfahren, solange es eurer Mutter noch so schlecht geht."

Tanja starrte auf ihre Hände. „Das heißt also: kein Derby." Nachdem sie die Worte ausgesprochen hatte, biß sie die Zähne zusammen. *Es war einfach nicht fair.* Sie hatten so hart dafür gearbeitet. Ihrem Vater ging es besser, Spitfires Bein auch – und nun das.

Hal legte seine Hand auf ihre. „Ich weiß, wie dir zumute ist, Tanny. Bitte versuche, nicht sauer auf deine Mutter zu sein. Sie kann nichts dagegen machen."

Anscheinend versucht sie es auch nicht besonders, wollte Tanja sagen, schluckte diese Bemerkung aber hinunter.

„Ich werde hierbleiben und für sie sorgen – und alles regeln, falls du fahren möchtest", sagte David.

Tanja schaute von David zu ihrem Vater. Beide sahen sehr niedergeschlagen und müde aus.

„Vielen Dank, David, aber das würde nicht funktionieren. Ich könnte mich nicht auf das Pferd konzentrieren, wenn ich immer nur an eure Mutter denken müßte. Und, Tanja, falls noch ein Wunder geschehen und wir doch noch fahren sollten, habe ich beschlossen, Funkenflug keinesfalls mitzunehmen. Wir können jetzt nicht noch eine Extra-Belastung gebrauchen."

Eine Weile später ließ sich Tanja auf ihr Bett fallen. Erst gestern hatte sie das Gefühl gehabt, als sei Gott wirklich da, und jetzt schien er wieder so weit entfernt zu sein. Sie starrte die Verse an der Wand an. War dies nun ein „Nein“ oder ein „Warte noch“? Sie seufzte. Sie würde sich auf ein „Warte noch“ einstellen, bis es zu spät war, um zu fahren. Und ein „Warte noch“ bedeutete beten. Und das tat sie. Sogar, wenn sie mitten in der Nacht aufwachte, und als erstes am Morgen, und in einer Pause, wenn sie mit Spitfire gearbeitet hatte.

„ ... läßt dich auffahren mit Flügeln wie der Adler“, ging es ihr durch den Kopf, während sie sich die Zähne putzte.

„Geht es deiner Mutter wieder besser?“ fragte Sonja, als sie sich kurz vor dem Mittagessen an ihrem Spind trafen.

Tanja schüttelte den Kopf. „Aber es muß doch irgend etwas geben, das ihr helfen kann.“ Sie erzählte Sonja und Chris von dem Gespräch am Abend zuvor.

„Macht dich das nicht verrückt?“ fragte Sonja.

„Doch. Manchmal. Und dann wieder versuche ich, nicht darüber nachzudenken. Aber wir beten kräftig.“ Sie stellte ihr Tablett auf den Tisch. „Ich weiß nur, daß Gott das regeln muß – irgendwie.“

„Fährst du heute auf die Rennbahn?“ fragte Chris mit vollem Mund.

„Ja, ich muß bei zwei Rennen reiten. David möchte gern, daß du kommst und ihm hilfst, Philip zu verladen und zur Rennbahn zu bringen. Er läuft morgen im fünften Rennen.“

„Sicher. Wann arbeitest du bei euch?“

„Heute nicht. Seit Samstag sind alle außer Spitfire auf der Weide. Papa sagt, wir werden über die Sommerrennen nachdenken, wenn das Derby vorbei ist. Allen Pferden würde eine Ruhepause guttun.“

Als Tanja nach Hause kam, stand wieder der Wagen des Pastors in der Auffahrt. Er und ihr Vater saßen im Wohnzimmer und unterhielten sich, als sie hereinkam.

„Komm mal her, Tanny.“ Ihr Vater winkte sie zu sich.

„Hallo, Tanja." Pastor Mort lächelte sie an.

„Hallo." Sie schaute ihren Vater wieder an. „Was ist los?"

„Ich – wir -" Hal deutete zu dem ernsten Mann auf dem Sofa. „Wir haben mit dem Arzt gesprochen und uns entschlossen, etwas zu unternehmen. Uns bleiben zwei Möglichkeiten – entweder deine Mutter ins Krankenhaus zu bringen, oder ..."

„Ins Krankenhaus? Geht es ihr schlechter?"

„Nein." Hal strich sich über die Stirn. „Deine Mutter hat sich für die zweite Möglichkeit entschieden. Morgen früh werden wir mit Gottes Hilfe und der von Pastor Mort alle zur Rennbahn hinausfahren und über den Unfall sprechen."

Tanja sank in sich zusammen. „Wir alle?" Ihre Stimme überschlug sich fast. *Endlich waren die Alpträume verschwunden. Soll jetzt alles wieder von vorne anfangen?*

Hal nickte. „Ich denke, das wird auch dir helfen."

Tanja zuckte mit den Schultern. „Gut." Sie leckte sich über die Lippen. Im Eßzimmer hörte sie das Aquarium blubbern. Krampfhaft starrte sie auf ihre Hände, die sich zwischen ihren Knien ineinander verkrampften.

„Äh, ich muß zur Rennbahn. Zwei Pferde reiten." Sie erhob sich langam. Ihr Blick ging von einem zum anderen. „Seid ihr sicher, daß das der beste Weg ist?"

Sie nickten.

Tanja floh in ihr Zimmer.

Kapitel 6

In dieser Nacht hatte Tanja entsetzliche Träume.

„Ja, ich komme ja schon“, antwortete sie auf Davids Klopfen. Sie hörte, wie ihr Bruder den Flur entlangging. Anstatt aufzustehen, drehte sie sich auf den Rücken. Heute würden sie alle zur Rennbahn fahren. Direkt nach dem Frühstück. Der Gedanke an Essen verursachte ihr Magendrücken. Wie würde ihre Mutter reagieren? Was würde werden?

Ihr Morgentraining mit Spitfire vertrieb alle Spinnweben aus ihrem Gehirn. Die Morgenluft war frisch, doch nicht so beißend kalt wie im Winter. Spitfire zerrte am Zaumzeug und tänzelte alle paar Meter. Er warf seinen Kopf hin und her und schnaubte.

Tanja lachte. „Du kleiner Dussel. Du weißt doch, daß ich dich erst laufen lasse, wenn du richtig vorbereitet bist. Im Augenblick gilt, wie Papa so schön sagt: Dienst ist Dienst.“

Spitfire scheute vor irgend etwas, das nur er sehen konnte.

„Hör auf damit.“ Automatisch legte Tanja die Knie an und beugte sich vor. „Du hast gar nichts gesehen; du hast dir das nur eingebildet.“ Wieder schnaubte Spitfire. Sein Karpalgelenk war nicht einmal warm, als sie zum Stall zurücktrabten.

„Ihr zwei seht aus, als hättet ihr Spaß miteinander gehabt“, sagte David grinsend.

„Du hättest Dan satteln und mitkommen sollen."

„Nee. Ich muß hier alles in Ordnung bringen, damit wir fahren können." Er zeigte auf das Stroh vor Spitfires und Dans Stall.

Seine Bemerkung brachte Tanja in die Wirklichkeit zurück. „Ja."

„Du mußt das Positive dabei sehen. Vielleicht hilft es Mama, aus ihrer Depression herauszukommen." David hielt inne und schaute sie an.

„Ich weiß." Mit der Stiefelspitze zog Tanja einen Kreis in den Sand. Spitfire blies ihr ins Ohr und schubste sie an der Schulter. Sie kraulte ihn hinter den Ohren und rieb ihre Wange an seinem weichen Fell.

„Nun?"

„Ich habe Angst."

„Um dich oder um Mama?"

Tanja dachte nach. „Vielleicht um uns beide. Ich möchte endlich meine Alpträume loswerden."

„Das wirst du."

„Woher weißt du das?"

„Ich bin dein großer Bruder. Ich werde dafür bezahlt, daß ich so etwas weiß." Er gab ihr den Sattel und das Zaumzeug. „Hab keine Angst, Tanny. Es wird alles in Ordnung kommen."

Ich wünschte, die Leute würden aufhören, mir zu erzählen, ich solle mir keine Sorgen machen, dachte Tanja, während sie das Zaumzeug aufhängte. *Ich bin doch kein Sorgengeist.*

Wirklich nicht? Sie war sicher, daß sie gehört hatte, wie diese kleine Stimme in ihr gelacht hatte.

Ihre Mutter war aufgestanden und angezogen. Als Tanja ins Haus zurückkam, saß sie mit geschlossenen Augen zusammengekauert in ihrem Lehnstuhl.

„Hallo, Mama." Tanja ging auf sie zu, besann sich dann aber eines Besseren.

Margret nickte und öffnete mühsam die Augen.

Tanja bemerkte die eingefallenen Wangen und das strähnige Haar ihrer Mutter. Sie ging doch zu ihr hin und kniete sich neben sie. „Soll ich dir helfen, dir die Haare zu waschen, bevor wir fahren? Du weißt doch, daß man sich danach immer besser fühlt." *Bitte, laß mich dir helfen, wie du mir immer geholfen hast.* Sie biß sich auf die Zunge, damit sie nicht aussprach, was sie dachte.

Die Sekunden schienen ihr wie Stunden zu sein.

Margret nickte. „Wenn du möchtest."

„Ich werde Handtücher und das Shampoo holen." Tanja hätte springen können.

Nachdem sie alles zusammen hatte, was sie brauchte, kam sie zurück ins Wohnzimmer und ergriff die schmale Hand ihrer Mutter. „Komm." Sanft zog sie sie aus dem Sessel hoch. „Das wird dir guttun." Tanja hatte den Eindruck, als seien die Rollen vertauscht, als sei sie die Mutter, die ihr Kind ins Bad brachte. Sie stellte die Wassertemperatur ein.

„Beug dich vor." Tanja streichelte die Schulter ihrer Mutter.

Margret befolgte Tanjas Anweisungen, als ob sie nicht genügend Energie hätte, sich ihnen zu widersetzen. „Hmmm", meinte sie, als Tanja ihre Kopfhaut mit den Fingern massierte. „Das tut gut."

Tanja fühlte sich, als hätte sie gerade das Derby gewonnen. Sie spülte die Haare aus und gab noch einmal Shampoo drauf. Es war so ungewohnt, einmal die Gebende und nicht die Nehmende zu sein. Aber es tat gut.

„Soll ich sie auch fönen?" fragte Tanja, als sie die Haare ihrer Mutter abtrocknete.

Margret wickelte sich das Handtuch um den Kopf. Sie lächelte ihre Tocher zum ersten Mal wieder an. „Gern."

Tanja handhabte Bürste und Fön wie ein Profi. Die

Jahre, in denen sie Pferde gepflegt hatte, machten sich bemerkbar.

Margret schloß die Augen. Ein tiefer Seufzer erfüllte das Badezimmer und übertönte sogar das leise Brummen des Fön.

„Bist du in Ordnung?" Tanja trat zurück, um ihr Werk zu begutachten. Sie entdeckte graue Strähnen, die, dessen war sie ganz sicher, drei Wochen vorher nicht dagewesen waren. Die dunklen Haare ihrer Mutter fielen ihr locker auf die Schultern. „Gut siehst du aus." Tanja deckte mit ihrer Hand die Augen ihrer Mutter ab und besprühte die Haare mit Haarspray. „Ich glaube, das ist das erste Mal, daß ich dir die Haare gemacht habe."

„Vermutlich." Margret seufzte. „Vielen Dank, Tanny."

Die Fahrt zur Rennbahn verlief schweigsam. Jedes Familienmitglied schien seinen eigenen Gedanken nachzuhängen. Tanja starrte zum Fenster hinaus. Die Augen ihrer Mutter waren wieder geschlossen. Seit sie aus dem Badezimmer gekommen waren, hatte sie nichts weiter gesagt. Ihr Vater warf ihr immer wieder besorgte Blicke zu, als habe er Angst, sie könne ohnmächtig werden. David biß sich auf die Lippen.

Tanja versuchte, sich die Verse an ihrer Pinnwand vorzustellen. Aber sie waren so undeutlich, daß sie sie nicht lesen konnte. Wie gut, daß sie sie mittlerweile auswendig konnte. Leise sagte sie sich immer wieder: „Ich vermag alles durch Christus, der mich mächtig macht."

Als sie bei der Portland-Meadows-Rennbahn angekommen waren und den Wagen geparkt hatten, war die Sonne hinter den Wolken hervorgekommen. Die Morgenarbeit war getan, die Rennstrecke in Ordnung gebracht worden. Der weiße Wagen von Pastor Mort stand schon da.

Tanja hätte sich am liebsten unter dem Sitz verkrochen, als ihr Vater ausstieg und zu Margret hinüberging, um ihr aus dem Wagen zu helfen. David folgte seinem Vater, und zwischen den beiden wirkte Margret noch kleiner; als ob sie in der letzten Woche geschrumpft wäre. Die drei gingen zum Zaun hinüber. Tanja öffnete ihre Tür und stieg aus. Sie hatte den Eindruck, als sei sie auf dem Teer festgewachsen.

Pastor Mort drehte sich zu ihr um, als spürte er ihre Angst. Er kam zu ihr und nahm sie beim Arm. „Komm, Tanja. Es wird alles gut werden. Das verspreche ich dir."

Tanja biß die Zähne zusammen. Sie würde *nicht* weinen. Zusammen folgten sie den anderen am Außenzaun der Rennbahn entlang.

Als sie die Stelle kurz hinter der ersten Kurve erreichten, blieben sie stehen. Pastor Mort schaute sie alle an. „Ich würde gern zuerst mit uns beten." Auf ihr Nicken hin begann er: „Himmlischer Vater, du weißt, wie es in uns aussieht. Du hast uns geschaffen, und wir gehören dir. Unsere Gedanken und Gefühle sind dein Geschenk an uns, und heute nun bitten wir dich ..."

Tanjas Gedanken wollten abschweifen, doch sie zwang sich, sich auf das zu konzentrieren, was gesagt wurde.

„... daß du diese Familie heilmachst, Hal und Margret, David und Tanja. Du weißt, was sie brauchen, und wir danken dir, daß du ihnen helfen wirst. Amen."

Tanja mußte schlucken. „Amen."

„Tanny, komm her zu mir", sagte ihr Vater und streckte ihr den Arm entgegen.

Tanja nickte. Es tat gut, seinen Arm um sich zu spüren.

Nach einer Weile ergriff Pastor Mort wieder das Wort. „Und jetzt, Margret, bitte ich Sie, in Gedanken wieder zu jenem Tag zurückzugehen, zu jenem Nachmittag auf der Rennbahn. Schließen Sie die Augen und stellen Sie sich die Rennbahn vor." Er machte eine Pause. „Den Aufgalopp der Pferde. Können Sie es sehen?"

Ihre Mutter nickte kaum merklich. Auch Tanja schloß die Augen, um sich alles wieder vorstellen zu können.

„Die Pferde rennen los, an den Zuschauertribünen vorbei. Ihr steht unten an der Absperrung." Pastor Mort sprach mit leiser Stimme.

Tanja konnte die Dreckklumpen förmlich spüren, die ihr und ihrem Pferd entgegenschleuderten, als sie von hinten aufholten. Die erste Schutzbrille hatte sie sich schon abgezogen, und die zweite war auch schon wieder schmutzig. Sie erlebte noch einmal mit, wie ihr Pferd stürzte und sie durch die Luft flog. Der Schrei, den sie hörte, war echt.

Margret barg ihr Gesicht an Hals Schulter, ihr Schluchzen ging Tanja durch Mark und Bein. Sie drehte sich zu ihr um und strich ihr sanft über den Rücken. Mit tränenverhangenem Blick sah sie, daß auch David hemmungslos weinte.

„Und was sehen Sie jetzt?" fragte der Pastor ruhig, als die Tränen verebbten.

„Sie haben Tanja auf eine Trage gehoben. Sie haben ihr Gesicht abgedeckt! Oh nein!" Margret schlug mit der Faust gegen Hals Schulter. „Sie denken, daß sie tot ist! Nein! Doch nicht meine Tanja! Nein! Nein!"

„Mama, Mama, es ist doch alles gut", brachte Tanja mühsam hervor. „Ich bin doch hier. Ich bin in Ordnung. Ich bin nicht gestorben. Ich war nicht einmal nahe dran."

„Ich kann das nicht mehr ertragen. Du hättest sterben können ..." Sie schaute Hal an. „Alles, was ich gesehen habe, war Tanja auf der Bahre ... und dann war sie im Krankenhaus – krank – verletzt. Die ganze Zeit habe ich davor Angst gehabt."

Tanja wollte etwas sagen, doch Pastor Mort legte ihr

die Hand auf die Schulter. „Laß sie sich nur aussprechen“, flüsterte er ihr zu.

„Manchmal bin ich so wütend auf Gott – warum tut er mir das an? Und dann fühle ich mich so schrecklich. Ich weiß, daß es eine Sünde ist, wenn man sich so viele Sorgen macht. Ich sollte – mehr Vertrauen haben.“

Tanja rieb auch weiterhin den Rücken ihrer Mutter. Sie schaute zu ihrem Vater auf. Er hatte seine Wange auf Margrets Haar gelegt und hielt sie fest an sich gedrückt.

Lieber Gott, hilf uns, betete Tanja.

Es hatte den Anschein, als würde ihre Mutter gar nicht mehr aufhören zu weinen. Von Zeit zu Zeit murmelte sie unzusammenhängendes Zeug und schluchzte, als ob ihr das Herz brechen würde. Hal hielt sie auch weiter ganz fest. Tanja klammerte sich an seinen Arm, während sie ihrer Mutter über den Rücken strich; David tat auf der anderen Seite dasselbe.

Dann hob Margret den Kopf und atmete tief durch. Hal zog ein Taschentuch aus seiner Tasche und wischte ihr damit über Augen und Wangen. Sie schien den schrecklichen Schmerz überwunden zu haben. „Gott, vergib mir, was ich meiner Familie angetan habe“, sagte Margret. Sie küßte Tanja und David, und dann Hal.

„Das tut er“, erwiderte Pastor Mort. „Sie wissen, daß er das tut. Und er wird Ihnen auch helfen, Ihre Angst zu überwinden.“

„Ich werde dich nach Hause bringen.“ Hal nahm seine Frau in die Arme und drückte sie fest. „Oder, Pastor?“ Die beiden Männer tauschten einen Blick aus.

„Ja. Wir werden am Montag weiterreden, Margret, wenn Sie möchten.“ Sie nickte. „Gut. Danke.“ Er umarmte einen nach dem anderen. „Und denken Sie daran, wenn Sie mich brauchen, rufen Sie einfach an.“

„Ich weiß.“ Hal schüttelte die Hand des Pastors. „Vielen Dank.“

Tanja fühlte sich wie eine Marionette, deren Fäden durchgeschnitten waren. Sie ging mit ihrer Familie zum Wagen zurück und ließ sich auf den Rücksitz fallen. *Wie wird es nun weitergehen?* Sie fuhr sich mit den Fingern über die Augen. Nachdem sie tief durchgeatmet hatte, schaute sie auf ihre Uhr. Das erste Rennen des Tages würde in weniger als einer Stunde beginnen.

David beugte sich über die offene Tür und meinte: „Ich muß zu den Ställen. Bist du okay, Mama?"

Margret nickte. „Es geht schon. Lauft nur, ihr zwei. Wir werden nach Hause fahren." Sie lehnte sich in dem Sitz zurück, schloß die Augen und ergriff Tanjas Hand. „Geht es dir gut – ich meine nach all dem?"

Tanja nahm die Hand ihrer Mutter und legte sie sich an die Wange. „Ja, Mama." Sie holte sich ihre Sporttasche und schlüpfte aus dem Auto. „Ich habe dich so vermißt." Schnell drehte sie sich um, damit die Tränen sie nicht wieder überwältigen konnten.

„Bis später", meinte David und lief Tanja nach. Er legte seinen Arm um ihre Schulter. „Geht es dir wirklich gut? Ich meine, kannst du das alles vergessen und dich aufs Reiten konzentrieren?"

Tanja nickte. „Ich habe das Gefühl... als ob alles wieder gut werden würde."

„Tja, so etwas möchte ich so schnell nicht noch einmal mitmachen."

„Ich auch nicht." Tanja schaute zurück und sah, wie der Wagen ihrer Eltern gegen den Strom der ankommenden Wagen davonfuhr. Sie machte Lockerungsübungen mit ihren Schultern. „Wir sehen dich im fünften Rennen." An der Eingangstür ging sie nach links, während David zu den Ställen auf der Rückseite ging.

Im ersten Rennen ritt Tanja den Favoriten. Bob Diegos Fuchsstute wieherte leise, als sie Tanja sah.

„Sieht so aus, als hättest du eine Freundin hier." Er

rückte beiseite, damit Tanja Platz hatte, den Kopf der Stute zu streicheln und ihr leise zuzureden.

„Ich mag sie auch", lächelte Tanja zurück. „Und heute werden wir gewinnen, nicht wahr?" Sie kraulte die Stute hinter den Ohren.

„Zwei von dreien wäre ein guter Durchschnitt, nicht wahr?" Diego half Tanja in den Sattel.

„Ja." Tanja setzte sich im Sattel zurecht und nahm die Zügel auf. „Bis später bei der Siegerehrung."

Die Sonne war mittlerweile durch die Wolken gebrochen und ließ das Fell der Pferde prächtig glänzen. Als das Waldhorn zum Aufgalopp blies und die Tore der Startboxen sich hinter ihr schlossen, wußte Tanja, daß sie nirgendwo auf der ganzen Welt lieber sein wollte als hier.

Sie hatten einen guten Start, und nach der ersten Kurve hatten sie das Mittelfeld hinter sich gelassen. Tanja feuerte ihr Pferd an und hielt es ungefähr eine halbe Länge vor dem zweiten. Sie hörte die Rufe der Jockeys und das Schnauben der Pferde. Als das Pferd hinter ihr gleichzog, gab sie der Stute den Kopf frei. Sie verlängerte ihre Galoppsprünge, als sie in die Zielgerade einbogen. Es war ein Kopf-an-Kopf-Rennen; die anderen Pferde lagen weit zurück.

Der zweite Jockey setzte jetzt die Peitsche ein. Tanja beugte sich noch weiter vor. „Jetzt los, meine Schöne. Lauf!" Die Stute lief noch schneller und ging mit drei Längen Vorsprung über die Ziellinie.

„Ich wußte doch, daß du es kannst. Das war ein fettes Preisgeld. Du hast dir dein Futter für ein ganzes Jahr verdient." Sie ritt im kurzen Galopp über die Rennbahn und stieg zur Siegerehrung ab.

„Ein ausgezeichneter Ritt." Diego schüttelte ihr die Hand.

„Ich mache Sie nur ungern darauf aufmerksam, daß ich es ja gesagt habe ..." Tanja grinste ihn an.

„Das kannst du gern jederzeit sagen."

Sie stellten sich für das Photo auf, und Bob hielt die Siegestrophäe hoch. In dem Augenblick, als die Kameras losgingen, beschnüffelte die Stute gerade den silbernen Pokal.

„Das wird ein gutes Bild." Tanja winkte noch einmal, als sie zum Umkleideraum ging.

Das nächste Rennen lief nicht so gut, aber für dieses Pferd war eine Plazierung schon ein gutes Ergebnis. Dieser Meinung war auch der Besitzer, für den Tanja bisher noch nicht geritten war. Tanja und der Trainer grinsten sich an. Die Frau des Pferdebesitzers trat so dicht an das Pferd heran, daß sie mit Schaum bespritzt wurde, als das Pferd sich schüttelte.

Im nächsten Rennen sollte sie John Andersons Wallach „Letzter Befehl" reiten. Herr Anderson stand mit David auf dem Sattelplatz. „Schön, dich zu sehen, Tanja." Er schüttelte ihr die Hand. „Es tut mir leid, daß ich deinen Vater verpaßt habe, aber ihr zwei kennt diesen Burschen ja besser als jeder sonst. Denk bitte daran, ich möchte, daß du die Peitsche zu Hilfe nimmst, wenn es nötig ist." David half Tanja in den Sattel und gab ihr eine Peitsche. Er verbarg sein Augenzwinkern hinter der Mähne des Wallachs und führte ihn aus dem Stall. Alle wußten, wie sehr Tanja es haßte, die Peitsche zu benutzen, aber dieser Bursche schien eine solche Ermutigung nötig zu haben. Er rannte gern in der Menge; ein Sieg stand nicht unbedingt ganz oben auf der Liste seiner Prioritäten.

„Diesmal werden wir es zu deiner Priorität machen", murmelte Tanja ihm in seine zuckenden Ohren. „Du und ich, wir beide wissen, daß du besser laufen kannst, als irgend jemand dir zutraut."

Tanja wartete fast zu lange. „Letzter Befehl" rannte Kopf an Kopf mit einem anderen Pferd und ließ es vorbeiziehen. „Zu schade“, schimpfte Tanja, als sie die Peitsche auf seine Flanke knallen ließ – zweimal. Ein Endspurt in der Zielgeraden ließ sie das führende Pferd einholen. Wieder ließ Tanja die Peitsche auf ihn niedersausen. Kopf an Kopf donnerten sie über die Zielgerade.

Der andere Jockey schlug sein Pferd erneut, und allein das Geräusch ließ „Letzter Befehl“ noch einen Schritt zulegen. Er gewann mit einer Nasenlänge Vorsprung.

„Zum ersten Mal muß ich einem anderen Jockey dafür danken, daß er sein Pferd mit der Peitsche angetrieben hat“, meinte Tanja zu John Anderson, als sie vom Pferd glitt.

„Was war los?“

„Dieser alte Junge wollte nicht noch einmal geschlagen werden, deshalb ist er schneller gelaufen, als der andere Jockey seine Peitsche benutzte.“ Sie wischte sich den Sand aus den Augen. „Ich wünschte, er hätte mehr dagegen, hinten zu liegen. Man wird da ganz schön dreckig.“ Sie tätschelte das schmutzige Gesicht des Wallachs. „Danke, alter Junge. Wir waren prima.“

Pfeifend überquerte Tanja die Rennbahn, nachdem sie sich umgezogen hatte.

„Du klingst sehr fröhlich“, sagte Chris, als Tanja sich auf einem Stuhl in der Cafeteria niederließ.

„War ein guter Tag heute. Hat mein Bankkonto ziemlich aufgefüllt und außerdem Spaß gemacht. Ist David immer noch im Stall?“

„Ja, aber er wird gleich kommen. Hast du Hunger?“

„Schrecklichen.“

„Gut, komm, wir wollen uns etwas aussuchen. Ich werde bezahlen.“

„Nein, ich. Wir feiern meine Siege.“

Als sie zurückkamen, hatte David „Letzter Befehl“ abgewaschen und striegelte ihn gerade. Tanja reichte ihm ein Schinkensandwich.

„Vielen Dank. Wem verdanke ich diese großzügige Spende?"

„Meinen Siegen", antwortete Tanja und nippte an ihrer Cola. Sie schüttete etwas davon in ihre Hand, damit „Letzter Befehl" davon lecken konnte. „Es geht mir sooo gut." Sie reichte Chris die Decke herüber, die er über das Pferd legen konnte. „Hier, ich werde ihn herumführen. Dann können wir ihn verladen und nach Hause fahren."

Hal lag dösend in seinem Lehnstuhl, als Tanja und David hereinkamen. Die Pferde hatten sie bereits versorgt. Da sie nur die Stute, Spitfire und die Fohlen zu füttern hatten, war die Arbeit schnell getan.

Tanja erinnerte sich an die Zeit, als Hal so schwach gewesen war, daß er kaum etwas anderes hatte tun können, als in seinem Lehnstuhl zu sitzen. Doch sein Lächeln verjagte ihre Befürchtungen sofort, obwohl sie wußte, daß am Montag wieder eine Chemotherapie fällig war.

„Wo ist Mama?" fragte Tanja.

„Sie schläft."

„Ist sie …?"

„Nein, nein", Hal schüttelte den Kopf. „Sie ruht sich nur aus. Dieser Tag hat ihr ziemlich zugesetzt. Doch bevor sie sich hinlegte, hat sie noch den Braten in den Ofen geschoben und gesagt, daß wir gegen halb sieben essen können."

Tanja war sehr erleichtert. Wie schön. Sie ließ sich auf das Sofa fallen und verschränkte ihre Hände über dem Kopf.

„Wie war's bei dir?" fragte Hal.

„Zweimal Sieg und einmal Platz." Sie erzählte ihrem Vater die Geschichte von „Letzter Befehl" und der Peitsche. Sie lachten immer noch, als Margret gähnend die Treppe herunterkam.

Der Abend verlief genau so, wie es eigentlich immer sein sollte. Der Morgen auf der Rennbahn wurde nicht mehr erwähnt.

Bis zum Sonntagabend. Tanja spürte, daß ihre Mutter während des Gottesdienstes schwer mit sich zu kämpfen hatte, und auch sie mußte sich zusammenreißen, weil sie sonst angefangen hätte zu weinen. Auf der Rennbahn konnte sie an diesem Tag keinen Sieg verzeichnen, aber das war ihr auch gar nicht so wichtig. Immerhin brauchte sie sich in Anbetracht der Qualität der Pferde ihrer Plazierung nicht zu schämen.

„Hast du das gesehen?" fragte Hal, als Tanja nach der Abendarbeit hereinkam. Er gab ihr den Sportteil des *Oregonian,* der bekanntesten Zeitung Portlands.

Ein Farbbild von ihr und Spitfire bedeckte fast die Hälfte der ersten Seite. Die Schlagzeile lautete: „Können dieses Mädchen und ihr Pferd das Derby gewinnen?" Über die Zeitung hinweg schaute sie ihren Vater an und las dann den ganzen Artikel durch. Er schien sich ziemlich genau an die Tatsachen zu halten.

„Die glauben wohl, nur weil noch keine Frau das Derby gewonnen hat, hätten wir keine Chance."

„Diese Meinung hört man oft."

„Es hängt nur von Spitfire ab. *Er* läuft doch." Tanja schüttelte den Kopf und las den Artikel zu Ende. „Sie räumen ihm keine allzu großen Chancen ein, nicht?"

„Du weißt doch, daß ‚Seattle Star', sein Vater, sie alle überrascht hat, weil er aus dem Nordwesten kam. Die Rennwelt traut uns hier nicht besonders viel zu."

„Pah." Tanja schnaubte. Sie las den Artikel noch einmal. „Wenigstens erwähnen sie, daß Spitfire ein Sohn von Seattle Star ist. Meinst du nicht, daß das was ausmacht? Und was ist mit dem Santa-Anita-Derby? Was für ein Knallkopf hat diesen Artikel denn geschrieben?" Sie suchte nach dem Namen des Verfassers.

„Mark Davis ist als der beste Sportreporter im Bezirk bekannt."

„Er ist ein Knallkopf."

„Er hat in der Vergangenheit schon viel Gutes über dich geschrieben."

„Dann eben nur ein halber Knallkopf." Tanja grinste ihren Vater an.

„Es ist besser, du gewöhnst dich daran, Tanny. In den kommenden Wochen wirst du alles mögliche lesen und hören können. Wie heißt es so schön: Du gerätst in Schwierigkeiten, wenn du anfängst, das zu glauben, was die Presse über dich schreibt." Hal ergriff ihre Hand, um sich aufhelfen zu lassen. „Laß uns essen gehen."

Nach dem köstlichen Abendessen, bestehend aus Schweinebraten, Kartoffeln und Soße, setzte sich die Familie zu ihrem wöchentlichen Familienrat zusammen. Margrets Apfelauflauf war die Krönung der Mahlzeit.

„Ganz sicher nicht mit meinen und Papas Kochkünsten zu vergleichen." Tanja strich sich genüßlich über den Bauch, als sie sich auf ihrem Stuhl zurücklehnte.

„Da hast du vollkommen recht", stimmte David zu.

„Vielen Dank." Tanja warf ihre Serviette nach ihm. „Aber dich habe ich während der ganzen Zeit nicht in der Küche gesehen, mein Freund."

Margret stützte das Kinn auf ihre gefalteten Finger. „Vielen Dank für alles, was ihr in den vergangenen Tagen für mich und für uns alle getan habt. Tanja, der Adler hat mir viel bedeutet, auch wenn ich das nicht gesagt habe. Und deine Bemühungen, mich zum Sprechen zu bringen." Eine Träne lief ihre Wange hinunter. „Bitte verzeih mir."

Hal reichte ihr ein Taschentuch, und Tanja auch eins. Er und David kamen ohne aus – so gerade noch.

Was ist nun mit dem Derby? wollte Tanja fragen, doch sie biß sich auf die Zunge und hielt den Mund. Wieder als Familie zusammenzusitzen, war genug für heute.

Kapitel 7

„Ich denke, ihr solltet fahren“, sagte Margret am anderen Morgen leise.

Tanja schaute ihren Vater an. Er hatte diesen nachdenklichen Gesichtsausdruck. Am liebsten hätte sie gesehen, wenn er sofort gesagt hätte: „Ja, wir fahren“, damit sie beruhigt zur Schule hätte gehen können.

„Wie geht es Spitfire heute?“ Er schaute Tanja an.

„Er fiebert danach, wieder zu rennen. Du sagtest, wir könnten heute abend galoppieren.“

„Hmmm. Wir werden darüber sprechen, wenn wir gesehen haben, wie es dem Bein geht. Komm, Margret. Wir werden Tanja auf dem Weg zum Krankenhaus bei der Schule vorbeifahren.“

Tanjas gute Laune verflog wieder. In welcher Verfassung würde ihr Vater sein, wenn sie nach Hause kam? Würde er sich wieder übergeben müssen und schwach sein? Wenn er mit der Behandlung nur bis nach dem Derby warten könnte! Noch besser wäre natürlich, wenn er gar keine Behandlung mehr brauchte. Aber das war unmöglich. Da das Krebsgeschwür schrumpfte, mußten sie unbedingt die Behandlungszeiträume einhalten, die der Doktor festgelegt hatte.

„Es ist noch keine Entscheidung gefallen“, beantwortete Tanja Sonjas Frage, als sie ihre Bücher in ihren Spind stopften.

„Aber wenigstens geht es deiner Mama besser. Mann,

ich habe mir wirklich schon Sorgen gemacht." Sonja hängte sich ihre Tasche um.

„Bitte sprich es nicht aus." Tanja knallte die Tür zu ihrem Spind zu. „Los, laß uns essen gehen, bevor es nichts mehr gibt."

Chris kam einige Minuten später an ihren Tisch. „Ihr werdet es nicht glauben." Er schüttelte den Kopf und streckte seine langen Beine unter dem Tisch aus.

„Was ist los?" fragte Sonja. Sie kaute gerade an ihrem Sandwich mit Thunfischsalat.

„Ich habe ein Stipendium bekommen! Frau Olson hat es mir gerade gesagt. Mein Vater wird ausflippen."

Die Mädchen umarmten ihn begeistert und gaben ihm einen Kuß.

„Das ist ja fantastisch!" Tanja gab ihm noch einen Kuß. „Du hast dir jeden Pfennig verdient."

„Für wie lange?" fragte die praktisch veranlagte Sonja.

„Und wo?"

Ein Schatten legte sich auf auf Chris' Gesicht. „Ich weiß es nicht. Vermutlich ist es gerade erst bekanntgeworden."

Tanja drehte sich um, als sie eine Hand auf ihrer Schulter spürte.

„Hallo, Tanja, ich heiße Lisa Jones und schreibe für die Sportredaktion des *Falcon Flyer*."

Tanja nickte.

„Ich würde dich gern für die nächste Ausgabe interviewen, falls dir das recht ist." Das schlanke Mädchen strich sich eine Strähne ihres dunklen, langen Haares aus dem Gesicht. „Hast du Zeit?"

„Sicher", nickte Tanja. „Wann?"

„Wie wär's mit jetzt?"

Als Tanja nickte, rutschte Chris einen Stuhl weiter. „Wir haben sogar noch einen Platz für Sie."

Lisa lächelte ihn an und ließ sich nieder.

Die Antworten auf ihre Fragen gingen Tanja leicht über die Lippen:

Wann hatte sie mit dem Reiten angefangen, und wie lange ritt sie schon Rennen?

Tanja kam richtig in Fahrt, als sie davon erzählte, wie aufregend es war zu gewinnen und was sie am meisten an ihrem Sport liebte. Die Worte sprudelten nur so aus ihr hervor, so daß Lisa sie bat, doch langsamer zu sprechen. Trotzdem war es gut, als die Schulglocke läutete. So konnte Lisa nicht mehr nach dem Unfall fragen.

Zumindest hatte Tanja Angst, die Reporterin könnte danach fragen. „Zu Tode erschreckt" würde in der Zeitung nicht besonders gut aussehen, aber es wäre eine ehrliche Antwort gewesen.

Doch schließlich hatte sie ihre Furcht überwunden, oder etwa nicht? Tanja schickte einen Dank zum Himmel.

Als sie auf dem Hof ankamen, lachten Tanja und Sonja immer noch und neckten Chris, weil er nicht wußte, für welche Hochschule sein Stipendium galt.

„Kommst du zum Reiten herüber?" Tanja steckte ihren Kopf noch einmal zum offenen Wagenfenster herein. „Ich werde heute mit Spitfire wieder galoppieren."

„Gut. Gib mir eine halbe Stunde Zeit", erwiderte Sonja.

„Wie steht's mit mir?" fragte Chris.

„Du weißt genau, daß David immer etwas für dich zu tun findet."

„Großartig. Ich kann das Geld gebrauchen."

„Schön." Tanja winkte, als Chris losfuhr. Caesar schob seine kalte, feuchte Nase in Tanjas Hand. Sie kraulte ihn am Kopf und lief dann die Auffahrt hinauf zur Eingangstür. In zwei großen Töpfen auf der Treppe blühten rote Tulpen. Sie zögerte, bevor sie die Tür aufmachte. Beide Autos standen in der Auffahrt; ihre Eltern waren also zurück.

Dumme Kuh, flüsterte ihre innere Stimme. *Das Warten ändert auch nichts.*

„Ich weiß." Sie beugte sich herunter, um Caesar fest zu umarmen. Seine Zunge fuhr ihr über die Nase, noch bevor sie es verhindern konnte. „Du hast doch die schnellste Zunge im Westen, nicht wahr, alter Junge?" Wie um zu beweisen, daß sie recht hatte, leckte er ihr schnell noch übers Kinn.

Tanja richtete sich wieder auf. „Genau das habe ich gebraucht. Ein sauberes Gesicht."

Caesar wedelte mit seinem buschigen Schwanz.

Tanja öffnete die Tür und ging hinein. Das Wohnzimmer war leer, auch die Küche. Niemand da. Sie blieb vor der halboffenen Tür zum Elternschlafzimmer stehen. Vorsichtig schaute sie hinein. Ihr wurde flau im Magen.

Hal lag auf dem Bett, eine Hand über seine Stirn gelegt. Eine große Schüssel stand auf einem Stuhl neben seinem Bett.

Als er sich nicht bewegte, wollte Tanja wieder gehen.

Seine Stimme, wieder rauh, aber diesmal etwas kräftiger als gewöhnlich, hielt sie zurück. „Ich bin morgen wieder in Ordnung, Tanny. Erzähl' mir nachher, wie Spitfires Galopp gegangen ist."

„Werd' ich machen. Wo ist Mama?"

Hal wollte eine Antwort geben, drehte sich aber statt dessen auf die Seite und griff nach der gelben Schüssel. Sein Würgen und Spucken verfolgte Tanja bis in den Flur.

Tanja blieb vor Überraschung stehen, als sie ihr Zimmer betrat. Ihre Mutter lag schlafend in Tanjas Bett. Tanja versuchte, leise zu sein, doch bei dem kleinsten Geräusch war Margret schon aufgewacht.

Sie gähnte und streckte sich. „Hallo. Vielen Dank, daß

du mir dein Bett ausgeliehen hast. Ich wollte deinen Papa nicht stören, und dein Zimmer war so einladend." Wieder gähnte sie.

„Geht's dir gut?" Tanja ließ sich auf der Bettkante nieder und schaute ihre Mutter an.

„Ich brauchte nur einen kleinen Mittagsschlaf. Ich glaube, die Ereignisse der vergangenen Zeit haben an meinen Kräften gezehrt." Sie setzte sich auf und lehnte sich gegen das Kissen. „Wie war's in der Schule?"

„Ich bin von der Schulzeitung interviewt worden." Tanja beugte sich vor, um ihre Turnschuhe aufzubinden. „Oh!" Sie setzte sich mit einem Ruck auf. „Chris hat ein Stipendium bekommen und vergessen zu fragen, wie hoch es ist."

„Für welche Hochschule?"

„Auch danach hat er nicht gefragt. Er sagte, er wäre so aus dem Häuschen gewesen."

Margret lachte und schwang die Beine aus dem Bett. „Nun, dann gehe ich besser und backe dem Jungen ein paar Plätzchen. Er kommt doch herüber?" Tanja nickte. Margret stand auf und streckte sich wieder. „Am besten mit Schokoladenstückchen."

Tanja hörte, wie ihre Mutter die Tür zum Elternschlafzimmer öffnete, um nach Hal zu sehen, und dann weiter in die Küche ging.

Tanja fiel es nicht schwer, Gott zu danken, wie eine ihrer Karten an der Wand sie ermahnte.

Spitfire wollte sofort losrennen, als Tanja eine Weile später mit ihm auf die Rennbahn trabte. Selbst Dan bockte einige Male, um Sonja ein wenig zu erschrecken. Beide Pferde waren nicht sehr erfreut über die langsame Gangart dieser ersten Runde.

„Hör auf damit", befahl Tanja, nachdem der Hengst einige Male davonstürmen wollte. „Was denkst du denn, was du bist, ein Schlachtroß?"

Spitfire schüttelte den Kopf, daß die Schaumflocken nur so flogen. Sonja wurde mitten ins Gesicht getroffen.

„Tausend Dank", sagte sie kichernd. Sie wischte das schleimige Zeug an Dans Schulter ab.

„Papa sagt, eine Runde langsamen Galopp und dann wieder Schritt." Tanja ließ die Zügel locker, mußte Spitfire aber wieder zurücknehmen, als er in vollem Galopp davonrennen wollte. Tanja mußte höllisch aufpassen. Zu leicht konnte es passieren, daß er sein Bein überanstrengte, und dann war es mit dem Derby vorbei.

„Wir wollen sie noch einmal um die Bahn führen", sagte Tanja, nachdem sie ihre Runden geritten waren. „Dann brauchen wir sie nicht abzuwaschen." Sie glitt vom Pferd herunter und führte den Hengst einmal um die Rennbahn. Spitfire rieb seinen verschwitzten Kopf an ihrer Schulter. Fast hätte er sie umgeworfen. „Vorsichtig, du Dussel." Sie nahm die Zügel fester unter seinem Kinn. Als sie ihre Runde beendet hatten, lag Spitfires Kopf auf Tanjas Schulter, seinem Lieblingsplatz.

„Wenn man ihn so sieht, kann man kaum glauben, daß er ein Anwärter auf das Derby ist", meinte Sonja. „Im Augenblick sieht er eher aus wie ein Kinderpony."

„Ja, hoffen wir nur, daß er auch starten kann."

Nachdem die Arbeit erledigt war, nahmen die vier Teenager Plätzchen und Milch mit hinaus auf die Terrasse. Margret brachte noch eine volle Schüssel mit und setzte sich zu ihnen. Chris wurde die ganze Zeit über wegen seines Stipendiums geneckt.

Tanjas Glück war nicht ungetrübt. Schon oft hatten sie in dieser Runde so fröhlich zusammengesessen. Man wußte nie, wer wann am meisten geneckt wurde. Nur, diesmal fehlte ihr Vater. Caesar saß zu Tanjas Füßen und bettelte um ein weiteres Stück Keks. Sie warf eins in die Luft, und der Collie fing es auf.

Sie sprachen erst am Dienstag abend wieder über das bevorstehende Rennen. Den ganzen Tag über hatte Tanja das Gefühl gehabt, auf heißen Kohlen zu sitzen. In nur zwei Tagen sollte Spitfire fliegen.

„Ich habe bereits meine Meinung gesagt", meinte Margret beim Abendessen. „Ich denke, ihr solltet fahren."

„Bist du ganz sicher?" Hal nahm ihre Hand.

„Durch alles, was wir in der vergangenen Woche durchgemacht haben, und durch die Gespräche mit dem Pastor ..." Sie machte eine Pause und legte seine Hand an ihre Wange. „... bin ich zu der Überzeugung gekommen, daß ich nicht so weitermachen kann wie bisher. Ich weiß, daß ich mir von Natur aus immer Sorgen mache. Meine Mutter hat das auch getan, erinnerst du dich?"

Hal nickte.

„Aber ich muß das an Gott abgeben. Er hat versprochen, daß er mit allem fertig wird, er wird mir auch irgendwie beibringen, daß ich mich durch mein Sorgen nicht selbst krank machen darf. Er kann besser auf euch aufpassen als ich." Tränen schimmerten in ihren braunen Augen. Sie holte tief Luft. „Außerdem habe ich Mutter geschrieben, daß sie nach Louisville kommen und sich das Rennen ansehen sollen. Es ist nicht weit von Florida entfernt, so daß sogar Vater kommen könnte, obwohl es ihm nicht besonders gutgeht."

Tanja starrte von ihrem Vater zu ihrer Mutter. „Denkst du, daß sie kommen werden?"

„Wer weiß." Margret schüttelte den Kopf.

Hal strich seiner Frau das Haar aus dem Gesicht. „Nun, dadurch sehen die Dinge jetzt tatsächlich ganz anders aus. Was meinst du, David?"

„Mama und ich werden mit der Arbeit hier zu Hause schon fertig. Wer weiß, ob wir noch einmal ein Pferd haben werden, das so schnell ist, daß es beim Derby starten kann."

„Und du, Tanja? Deine Antwort kenne ich eigentlich schon im voraus." Hals Lächeln zauberte ein Grübchen in die rechte Wange.

„Nun, ich möchte nicht, daß Mama wieder krank wird."

„Das wird nicht passieren."

„Wirst du mit David zum Rennen kommen?"

Margret zuckte zusammen, als hätte sie einen Schlag ins Gesicht erhalten. „Ich – ich weiß es noch nicht." Eine gespannte Stille folgte.

Hal räusperte sich. „Das ist keine Entscheidung, die jetzt getroffen werden müßte. Wir werden später darüber sprechen."

Tanja bemerkte, wie erleichtert ihre Mutter war. Es war also doch noch nicht vorbei. Sie schluckte den Kloß in ihrem Hals hinunter. „Achtung, Kentucky – wir kommen!"

„David und ich haben heute schon einiges zusammengepackt." Hal führte die Unterhaltung weiter, als habe es keine peinliche Situation gegeben. „Wir werden den kleinen Transporter morgen beladen. Tanja kann am Donnerstag morgen noch mit Spitfires Zaumzeug arbeiten. Danach dürfte es kein Problem sein, ihn zu verladen. Unser Flug geht um halb zwei, wir müssen also um zehn Uhr morgens hier losfahren."

Tanja versuchte, sich auf die Unterhaltung zu konzentrieren, doch das einzige, was sie denken konnte, war: *Wir fahren. Wir fahren. Wir fahren nach Kentucky. Wir fahren. Wir fahren wirklich.* Unruhig rutschte sie auf ihrem Stuhl hin und her. Dann hielt sie sich mit beiden Händen an der Sitzfläche fest. Sonst wäre der Stuhl wahrscheinlich mit ihr zum Fenster hinausgeflogen.

„Vielen Dank, Mama", flüsterte sie, als sie ihrer Mutter einen Gutenachtkuß gab.

„Du mußt jetzt aber sofort schlafen. Nicht mehr vom großen Rennen träumen." Margret umarmte ihre Tochter.

Bei diesen Worten mußte Tanja grinsen. „Was? Soll ich keine Hausaufgaben mehr machen?"

Eine kleine Falte trat zwischen Margrets Augenbrauen. „Du bist doch nicht etwa zurück ...?" Margret riß sich zusammen. Sie gab Tanja einen Klaps auf ihr Hinterteil. „Gute Nacht, Tanja Marie Evanston."

Tanja umarmte ihren Vater, der in seinem Lehnstuhl saß. „Vielleicht sollte ich am Donnerstag zu Hause bleiben und mithelfen, Spitfire zu verladen."

„Nein, du versäumst schon genug Schulstunden. Wir werden das auch allein schaffen. Jetzt geh zu Bett."

Tanja konnte sich nicht vorstellen, daß sie in dieser Nacht auch nur ein Auge zumachen würde. Sie las jeden ihrer Verse und kuschelte sich dann unter ihre Decke. Ihr Abendgebet war voller Dank an Gott.

Sie hatte erwartet, daß der Mittwoch sich hinziehen würde, aber dank eines Tests in Geschichte und einer Englischarbeit flog der Tag nur so vorbei. Tanja und Spitfire legten einen guten Galopp hin, und sie hatte sogar noch Zeit, ein wenig mit Miss Tanny zu arbeiten. Das kleine Stutfohlen zögerte immer noch, seine Mutter zu verlassen, doch dann tollte es an der Leine und landete schließlich aus lauter Übermut auf seinem Hinterteil.

„Hast du schon angefangen zu packen?" fragte Margret beim Abendessen.

„Nein, ich fahre doch erst am Samstag."

„Es schadet nicht, frühzeitig damit anzufangen. Du hast am Donnerstag und Freitag noch ein Rennen, ja?"

Tanja nickte. Ihr Mund war zu voll zum Sprechen.

„Deine Sachen habe ich schon fertig." Margret lächelte Hal an. „Du brauchst morgen nur noch deinen Rasierapparat einzupacken."

„Du bist ein Schatz." Hal drückte ihre Hand.

„Und eure Tickets, Landkarten und Reservierungen habe ich in die Aktentasche gesteckt. Auch die Kamera."

„Ich wünschte, du würdest mit Tanja mitkommen", sagte Hal. „Eines Tages werden wir auch einen Urlaub machen. Vielleicht engagieren wir nächstes Jahr jemanden, der sich hier um alles kümmert, dann können wir alle zusammen zum Santa-Anita-Derby oder sonst irgendwohin fahren."

„Vielleicht lieber *sonst irgendwohin*. Ich würde gern zur Abwechslung mal etwas tun, das nichts mit Pferden zu tun hat." Margrets Stimme klang sehnsüchtig und so, als ob sie nur widerwillig von ihren Wünschen erzählte.

„Du hast recht", nickte Hal.

Du mußt auch ab und zu mal an die Interessen der anderen denken, flüsterte Tanjas innere Stimme. *Nicht alle wollen sich immer nur über Pferde unterhalten.*

Unwillkürlich mußte sie seufzen.

„Wir werden zum Rennen dasein", versicherte David, während er nach der Hand seiner Mutter griff. „Vielleicht haben wir sogar ein wenig Zeit, uns die Gegend anzuschauen. Ich würde gern die Claiborne-Farm besuchen, um mir die Pferdeklinik anzusehen."

„Hast du nicht mehr vor, Hunde und Katzen zu behandeln?" Tanja schaute ihn überrascht an. David hatte immer von einer kleinen Tierarztpraxis geträumt.

„Nein, nicht wirklich. Jeder Tierarzt hat auch solche Patienten. Aber vielleicht sollte ich mich auf Pferde spezialisieren. Da habe ich ja schon eine Menge Erfahrung erworben."

„Und du hast ausgezeichnete Arbeit geleistet", sagte

Hal. „Du scheinst einen sechsten Sinn für kranke Pferde zu haben, so wie Tanja fürs Reiten. Vielleicht solltest du Tucson in Erwägung ziehen. Das Forschungsprogramm der Universität für Pferde dort ist hervorragend."

Trotz der Schuldgefühle, die auch weiterhin an ihr nagten, mußte Tanja darüber nachdenken, daß, wenn David in Washington studieren würde, sie ihn wenigstens besuchen könnten. Arizona war fürchterlich weit weg.

Sie dachte auch an die Unterhaltung bei Tisch zurück. Ihre Großeltern waren zu ihrem Rennen eingeladen worden. Als sie sie im vergangenen Sommer besucht hatten, war ihre Großmutter nicht erbaut gewesen von dem Gedanken, daß Tanja Rennen ritt. Tatsächlich machte sie sich noch mehr Sorgen darum als ihre Tochter. War der Sorgengeist erblich?

Und war es wirklich fair, so viel von ihrer Mutter zu erwarten? Tatsächlich waren Pferde das Hauptthema jeder Unterhaltung. *Warum kann sie Pferde nicht auch so lieben wie Papa und ich? Oder sie wenigstens mögen?*

Es sind nicht die Pferde, die sie nicht mag, erinnerte sie ihre innere Stimme, *es ist dein Reiten – deine Rennen.*

„Vielen Dank!" Tanja atmete tief durch, hielt die Luft an, bis sie bis zehn gezählt hatte, und atmete dann wieder aus. Ihre Schultern und ihr Brustkorb schienen mit der Matratze zu verschmelzen.

Das Licht der Hoflaterne fiel auf ihren halbgepackten Koffer. Am Morgen würde sie Spitfire zum letzten Mal reiten, bevor er verladen wurde. *Bitte, lieber Gott, gib, daß morgen alles gut geht,* betete sie und schlief ein.

Als sie am nächsten Morgen in den Stall kam, wollte Spitfire spielen. Er fischte die Reithandschuhe aus ihrer hinteren Hosentasche und warf sie in die Ecke.

„Was fällt dir eigentlich ein?" schimpfte Tanja.

Spitfire rollte mit den Augen. Als sie sich bückte, um

die Reithandschuhe aufzuheben, versetzte er ihr einen Schubs. Sie konnte sich gerade noch abfangen, sonst wäre sie im Stroh gelandet.

„David!“ rief Tanja aus Leibeskräften.

„Was ist los?“ David lehnte sich über die Stalltür.

„Halt‘ bitte seinen Kopf fest, okay? Er hält sich heute für Philip.“

„Oder für einen Clown im Zirkus?“

„Nimm ihn schon.“ Tanja schaute das Putzzeug in ihrer Hand an. „Oder noch besser, du machst ihn sauber und ich halte ihn.“

Schnell war das Pferd geputzt und gesattelt. Tanja winkte, als sie zur Rennbahn trotteten. Spitfire scheute vor einem Vogel und beäugte ängstlich ein Mauseloch. Er schnaubte und tänzelte und legte sich aufs Gebiß.

„Du kannst gleich wieder aufhören“, sagte Tanja. „Heute wirst du nicht rennen, sondern nur traben und dich lockern.“ Er tänzelte zur Seite und bettelte um mehr Freiraum.

Jedesmal, wenn er anfing zu zackeln, ließ Tanja ihn wieder im Schritt gehen. „Du siehst, ich habe dich ja gewarnt.“ Er schüttelte den Kopf. Das nächste Mal, als sie die Zügel lockerte, lief er friedlich um die Rennbahn und zurück zum Stall. Sein Fell und Tanjas Gesicht waren von dem Nebel ganz feucht geworden. Spitfire dampfte richtig, als sie von ihm herunterrutschte.

„Du beeilst dich besser, sonst bist du wieder zu spät zur Schule“, begrüßte David sie.

„Ich denke, ich sollte zu Hause bleiben, bis wir ihn im Flugzeug haben.“

„Papa hat gesagt, du sollst zur Schule gehen.“

Tanja stöhnte, umarmte Spitfire noch ein letztes Mal und rannte zum Haus. Caesar schlug sie mit einer Länge Vorsprung.

„Ich beeile mich ja schon." Tanja hatte den Blick ihrer Mutter richtig gedeutet.

Gerade als die Schulglocke zum letzten Mal läutete, schlüpfte sie auf ihren Platz in der Klasse.

„Das war knapp", flüsterte Sonja von der anderen Seite herüber. „Ich dachte schon, du hättest dich entschieden, doch nicht zu kommen."

„Von mir aus gerne." Tanja öffnete ihr Buch.

„Legt bitte eure Bücher beiseite und nehmt ein Blatt Papier heraus." Der Lehrer drehte sich um und schrieb etwas an die Tafel. „Dieser Test kann 25 Punkte bringen."

Die Klasse stöhnte, und Tanja nicht minder.

Sie war gerade bei der letzten Frage angekommen, als eine Durchsage über den Lautsprecher kam. „Tanja Evanston, bitte zum Büro kommen."

Tanja und Sonja starrten sich an.

„Nur keine Panik", beruhigte Sonja sie.

„Ja." Tanja schnappte sich ihre Bücher und rannte aus der Klasse.

„Deine Mutter wird herkommen, um dich abzuholen. Ihr habt einen Notfall zu Hause." Die Sekretärin schaute sie mitleidig an, als sie die Nachricht weitergab.

Kapitel 8

Tanja stürmte aus der Tür. Sie riß die Autotür auf, noch bevor Margret den Wagen zum Stehen gebracht hatte.

„Nur keine Panik, Tanja. Es ist niemand verletzt", sagte Margret, als Tanja einstieg.

„Was ist denn dann ...?"

Margret legte eine Hand auf Tanjas Knie. Ihre Stimme beruhigte Tanja. „Sie haben Probleme, Spitfire zu verladen. Deshalb sagte Papa, wir sollten dich besser holen.."

Tanja sank in ihrem Sitz zusammen. *Ich hätte gleich zu Hause bleiben sollen*, dachte sie, war aber klug genug, es nicht auszusprechen. Ihr Magen beruhigte sich allmählich wieder. „Mannomann." Sie schüttelte den Kopf. „Diese Nachricht hat mich zu Tode erschreckt."

„Das tut mir leid", antwortete Margret, während sie nach beiden Seiten schaute, bevor sie sich in den Verkehr einfädelte. „Ich wollte nicht, daß sie dich erschrecken. Du solltest nur an der Tür stehen, wenn ich komme."

„Wenn man über den Lautsprecher ausgerufen wird, geht es einem durch Mark und Bein." Tanja fuhr sich mit der Hand durch ihren Pony. „Alle in der Schule werden sich jetzt fragen, was los ist."

„In unserem Fall ging es nicht anders. Du mußt Spitfire beruhigen."

Bitte, Herr, gib, daß ich es schaffe, betete Tanja auf dem Heimweg.

Noch bevor der Wagen bei den Ställen zum Stehen gekommen war, riß sie die Tür auf und sprang heraus.

„Wo ist er?"

„Langsam, Tanny." Hal kam hinter dem Pferdetransporter hervor. „Wir haben ihn in den Stall zurückgebracht. Es geht ihm gut."

Tanja atmete tief durch, um sich zu beruhigen, bevor sie zu Spitfires Box ging. Gerade, als sie nach dem Riegel griff, um die Boxtür zu öffnen, streckte er seinen Kopf hervor. Er blies ihr ins Gesicht und rieb seinen Kopf an ihrer Brust.

„Du dummes Tier", sagte Tanja zärtlich und kraulte ihn hinter den Ohren. „Warum machst du einen solchen Aufstand?" Sie zog die Reisedecke zurecht, die auf seinem Rücken lag.

„Los, wir wollen es hinter uns bringen." Hal blieb neben ihr stehen. „Du und David, ihr nehmt an jeder Seite das Führseil, obwohl er im Augenblick so zahm ist wie ein Kätzchen. Ich weiß zwar nicht, welchen Trick du anwendest, Tanja, aber auf jeden Fall funktioniert er."

„Das ist nur Liebe." Tanja küßte Spitfire auf die Nase.

Ganz ruhig kam er aus seiner Box. Er legte seinen Kopf auf Tanjas Schulter und zögerte nur kurz an der Rampe. Nachdem Tanja sacht am Seil gezogen hatte, folgte er ihr widerstandslos in den Transporter.

„Sprich es bitte nicht aus", brummte David, als er das Führseil befestigte.

„Du meinst, daß ich es euch ja gesagt habe?" Tanja unterdrückte ein Grinsen, während sie ihr Seil befestigte. „Das hätte ich mir auch nicht träumen lassen." Sie tätschelte Spitfires Rücken und glitt aus dem Transporter.

Hal und David klappten die Rampe hoch und befestigten die Riegel.

„Du begleitest uns besser zum Flughafen", meinte Hal. „Nur für den Fall. Wir sind schon ziemlich spät dran und müssen uns jetzt beeilen."

„Seid vorsichtig", sagte Margret, als sie Hal noch einmal umarmte. „Und ruft mich an, wenn ihr alles geregelt habt."

„Machen wir. Und ich habe jede Menge Hilfe, du brauchst dir also keine Sorgen zu machen."

„Du hast leicht reden", murmelte Margret.

Hal umarmte sie noch einmal. „Du hältst dich großartig." Er kletterte in den Wagen. „Los geht's."

Tanja fühlte sich wie in einem der alten Wildwestfilme.

„Mach was Gutes zum Mittagessen", rief Tanja ihrer Mutter noch zu.

David stieß ihr mit dem Ellenbogen in die Rippen. „Ganz schön unverschämt."

„Du weißt doch noch, wie scheußlich das Schulessen schmeckt. Wenn ich zu Hause bin, muß ich das ausnutzen." Tanja setzte sich zwischen den beiden Männern zurecht. Es war schon gut, daß sie den großen Transporter hatten.

Auf der Fahrt zum Flughafen gab Hal ihnen noch die letzten Instruktionen für die Pferde zu Hause.

„Ich weiß gar nicht, warum ich euch das alles erzähle", sagte er schließlich. „Ihr wißt selbst, was zu tun ist. Und du, Tanja, hast für nichts sonst Zeit. Der Samstag kommt schneller als du denkst." Er lenkte den Transporter in eine Auffahrt, die mit ‚Adler-Transporte' gekennzeichnet war.

Ein Wächter hielt sie an und fragte sie nach ihrem Namen. Dann winkte er den Transporter durch, nachdem er Hal beschrieben hatte, wie sie ihr Flugzeug finden konnten. Es war das einzige, das auf dem Asphalt vor den Hangars stand. Eine Rampe führte zu der breiten Frachttür des Flugzeugs. Das Emblem eines fliegenden Adlers zierte den waagerechten Teil des Flugzeugschwanzes.

Hal parkte den Transporter neben der Rampe und holte seine Aktentasche hinter dem Sitz hervor. „Ihr zwei wartet hier, bis ich eingecheckt bin. Paßt auf, daß ich meinen Koffer nicht vergesse."

„Ist er aufgeregt, oder was?" Tanja schaute David besorgt an.

David schüttelte den Kopf. Sie konnten hören, wie Spitfire langsam unruhig wurde. Ein Flugzeug startete gerade von der Rollbahn, die sich direkt hinter dem Ladebereich befand. Im Transporter rumpelte es verdächtig unter den heftigen Bewegungen des Pferdes.

„Du gehst besser zu ihm nach hinten." David schaute zur Tür hinaus. „Du weißt, er mag keine ungewohnten Geräusche."

Spitfire wieherte, als Tanja die Tür öffnete und zu ihm kam. Bei dem Start des nächsten Flugzeugs warf er seinen Kopf so hoch, wie die Seile es zuließen.

Tanja sprach beruhigend auf ihn ein. Sie kraulte ihn hinter den Ohren und streichelte seinen Hals. Vor Aufregung fing er an zu schwitzen. Spitfire rieb seinen Kopf an ihrer Brust und zitterte, als wieder ein Flugzeug startete.

„Mach' weiter so, Tanny", sagte Hal, als er seinen Kopf zur Tür hineinsteckte. „Wir werden zuerst die Kisten mit dem Sattelzeug verladen. Wie geht es ihm?"

„Besser. Es ist genau wie mit der Rennbahn. Wir hätten ihn schon vor ein paar Tagen herbringen sollen, damit er sich an den Lärm gewöhnen kann. Das hätte ihm alles erleichtert."

„Leider zu spät. Wir brauchen nur wenige Minuten."

Sie hörte, wie er David und jemand anderem Anweisungen gab. Spitfire zuckte zusammen, als die Kisten mit dem Zaumzeug beim Entladen über den Boden gezogen wurden. Wieder startete ein Flugzeug. Diesmal scharrte der Hengst nur mit den Hufen. Tanja überprüfte die dicken Bandagen, die verhindern sollten, daß das Pferd sich selbst verletzte. Die rot-goldene Reisedecke reichte von Spitfires Ohren bis zu seinem Schweif.

„Du siehst gut aus", murmelte sie. Der Hengst ruckte nur mit dem Kopf, als wieder ein Flugzeug startete. „Von hier aus starten aber wirklich viele Flugzeuge."

„In Ordnung, Tanja." David blieb an der Tür stehen, bevor er nach hinten ging, um die Rampe herunterzulassen. „Wir sind soweit."

„Jetzt geht's los, mein Junge." Tanja zog an dem losen Ende des Sicherheitsknotens und band auch das andere Seil los. Sobald die Rampe heruntergelassen war, kam David in den Transporter. „Hier." Tanja reichte ihm ein Führseil. „Okay, Spitfire, zurück jetzt."

Als sie auf dem Asphalt standen, hob Spitfire den Kopf und schaute sich um. David und Tanja ließen ihn gewähren und beobachteten aufmerksam seine Ohren und Augen nach Anzeichen von Anspannung. Als er sich entspannte, gingen sie auf die Flugzeugrampe zu. Spitfire schaute von einer Seite zur anderen und beobachtete das Treiben um sich herum.

Als Tanja und David ihn die Rampe hinaufführten, folgte er ihnen wie ein zahmes Hündchen – bis ein Flugzeug, diesmal ein großes, keine hundert Meter von ihnen entfernt in die Luft donnerte. Spitfire stieg hoch. Während er sich aufbäumte, ließ Tanja sich das Führseil durch die Finger gleiten, faßte aber sofort nach seinem Halfter, als er wieder herunterkam.

Tanja zuckte vor Schmerz zusammen, als sie von seinen schlagenden Hufen am Bein getroffen wurde. Aber sie ließ ihn nicht los und hörte auch nicht auf, beruhigend auf ihn einzureden.

Als er versuchte, wieder hochzusteigen, legte sie ihre Hand über seine Augen.

„Nein!“ Ihr Befehl durchdrang die Ängste des Rappen. Diesmal blieben seine Vorderbeine auf der Erde. Sie standen vor der Rampe. Tanja und das Pferd zitterten, und David schimpfte durch die zusammengebissenen Zähne.

„Das war knapp.“ Hal sprach leise und beruhigend. „Führt ihn ein wenig herum. Wir versuchen es dann noch einmal. Alles war in Ordnung, bis dieses Flugzeug gestartet ist.“

Tanjas Mund war ausgedörrt. Sie hatte ein Gefühl, als hätte sie Baumwolle gelutscht. Sie nickte und zog Spitfire hinter sich her. Als sie die Rampe wieder erreichten, folgte Spitfire ihnen ohne Schwierigkeiten ins Flugzeug hinein.

„Gutes Kerlchen“, ermutigte ihn Tanja. „Mach weiter so, bis wir dich richtig untergebracht haben.“ Sie befestigten die Führseile an der einen Wand der hölzernen Box, die in der Mitte des Flugzeugs angebracht war. Schnell nagelte und vertäute die Flugzeugmannschaft die restlichen drei Seiten um den zitternden Hengst herum.

Spitfire rollte mit den Augen und warf seinen Kopf hin und her, als Tanja das Flugzeug verlassen wollte. Sein Schweif peitschte, und mit allen vier Hufen scharrte er auf dem Flugzeugboden.

Tanja kam noch einmal zurück, streichelte ihn am Kopf und sprach beruhigend auf ihn ein.

„Wie weit bist du mit deinem Koffer?“ Hal streichelte Spitfires Kopf.

„Warum?“

„Ich glaube, du solltest Spitfire jetzt nicht allein lassen. Zwar habe ich ein Beruhigungsmittel, doch ich setze es nicht gern ein. Man weiß nie, wie er darauf reagiert. So wie ich die Sache sehe, nehmen wir dich besser mit."

Tanja stellte sich auf Zehenspitzen und gab ihrem Vater einen Kuß. „Was wird Mama dazu sagen?"

„Vermutlich eine Menge, aber ich weiß einfach nicht, was wir sonst tun sollen. David, häng den Transporter ab, damit du schneller bist. Ich rufe zu Hause an und sage Bescheid. Tanja, du behältst dieses Bürschchen hier im Auge. Sobald ich angerufen habe, komme ich zurück und helfe dir."

„Du mußt dir aufschreiben, was ich alles brauche, Papa, damit du es Mama sagen kannst. Meine Jockeyblusen hängen zum Beispiel im Schrank, zusammen mit den anderen Sachen, die ich mitnehmen wollte. Meine Schmink-Utensilien stehen im Badezimmer, Shampoo und das andere auch. Oh, und natürlich meine Sporttasche."

„Was du sonst noch brauchst, können wir auch kaufen, wenn wir angekommen sind." Hal schaute von seiner Liste auf. „David kann deine Sachen von zu Hause holen und dir deine Bücher und Aufgaben nachschicken."

„Mama wird doch nicht wieder ärgerlich oder krank werden?"

„Nein. Du fliegst halt einfach zwei Tage früher. Vielleicht ist es ein Schreck für sie, aber mehr auch nicht. Du vergißt, sie betet wirklich darum, daß sie sich nicht mehr so viele Sorgen zu machen braucht; und außerdem geht es ihr viel besser."

„Ich weiß." Tanja kaute an ihrer Unterlippe.

„Sonst noch was?"

Tanja schaute auf und sah, daß ihr Vater sie anlächelte. Sie spürte die Liebe, die aus seinen Augen strahlte.

„Nein, bei mir – bei uns ist alles in Ordnung."

Hal klopfte ihr auf die Schulter und ging zur Tür.

„Sag David, er soll mir ein paar Möhren mitbringen", rief Tanja ihm noch nach.

Spitfire zuckte wieder zusammen, als erneut ein Flugzeug startete. „Wie wirst du nur reagieren, wenn *wir* starten?" fragte Tanja. „Du wirst es nicht nur hören, sondern auch spüren."

Spitfire legte seinen Kopf auf Tanjas Schulter. Sein Seufzen vermischte sich mit dem von Tanja, deren Mund immer noch wie ausgedörrt war.

Zwei weitere Flugzeuge hatten abgehoben, bevor Hal zurückkam. „Alles in Ordnung." Er gab Tanja eine weiche Bürste. „Versuche, ihn trockenzubürsten. Ich werde eine trockene Decke besorgen, wenn wir in der Luft sind."

„Was hat Mama gesagt?"

„Daß sie dich liebt, und daß sie an uns denkt."

„Hast du ihr erzählt, wie Spitfire reagiert hat?"

Hal zog eine Augenbraue in die Höhe. „Ich werde ihn halten, während du ihn striegelst."

„Hoffentlich hebt diese Kiste bald ab." Ein Mann vom Flughafen kam auf sie zu. „Wie lange dauert es noch, bis Ihr Sohn zurückkommt?" fragte er.

In diesem Moment hörte Tanja die Tür eines Autos schlagen. David kam die Rampe hochgelaufen, in der Hand Tanjas Koffer und Hals Kleidertasche aus dem Transporter. Margret folgte ihm mit Tanjas Kleidertasche und ihre Sportsachen.

„Mama!" Spitfire hob den Kopf, als Tanja lauter wurde. „Du bist mitgekommen!" Tanjas Strahlen erhellte das ganze Flugzeug.

„Denkst du etwa, ich lasse dich fliegen, ohne dich noch einmal zu umarmen?" Margret lehnte sich über die Box und setzte ihre Worte in die Tat um.

Tanja klammerte sich einen Augenblick fest an sie. „Vielen Dank, daß du meine Sachen zusammengesucht hast. Es war doch gut, daß du mir gesagt hast, ich solle frühzeitig anfangen zu packen."

Margret lächelte. „Ruf mich heute abend an, falls du noch etwas brauchst. Und ich bin sicher, daß es in Louisville auch Geschäfte gibt." Sie umarmte ihre Tochter erneut. „Nur für den Fall."

„Entschuldigt, Leute." Ein Mann vom Flugpersonal unterbrach sie. „Der Kapitän sagt, daß wir schon Verspätung haben. Wir müssen die Türen schließen."

„Benimm dich."

„Meinst du mich oder das Pferd?" Tanja zog die Augenbrauen in die Höhe.

„Beide." David boxte sie liebevoll gegen die Schulter. „Wir sehen uns beim Rennen."

Tanja umarmte noch einmal ihre Mutter. „Komm bitte auch mit", flüsterte sie. „Es ist irgendwie nichts, wenn wir nicht alle zusammen sind."

„Ich weiß." Margret erwiderte ihre Umarmung. „Paß auf deinen Papa auf."

Tanja hatte wieder einen Kloß im Hals, als sie beobachtete, wie sich ihre Eltern voneinander verabschiedeten. Es sah aus, als würden sie für eine lange Zeit auseinandergehen. Warum hatte sie nur das Gefühl, weinen zu müssen? Sie rieb ihre Wange an Spitfires Mähne.

Als die Türen geschlossen waren, kletterte Hal in die Box hinein. „Für den Fall, daß du noch ein Paar Hände brauchst."

Spitfire schnupperte an Hals Taschen. „Du bist mir einer." Hal zog eine Möhre aus der Tasche und brach sie in Stücke. Spitfire kaute gerade genüßlich ein Stück Möhre, als der erste Motor gestartet wurde. Beim zweiten scharrte er mit den Vorderbeinen. Beim dritten verschmähte er mit erhobenem Kopf und flackernden Augen die Möhre, die Hal ihm reichte.

Tanja zog seinen Kopf wieder herunter und kraulte seinen Kopf und seine Ohren. Spitfire zitterte, als der vierte Motor losbrummte.

„Ruhig, mein Junge, ganz ruhig." Tanja und ihr Vater sprachen ununterbrochen beruhigend auf ihn ein und achteten auf plötzliche Bewegungen des Hengstes.

Das Flugzeug fing langsam an zu rollen. Das Motorengeräusch wurde lauter, als sie das Rollfeld erreichten.

Spitfire bewegte sich unruhig hin und her. Seine Vorderhufe scharrten nervös im Stroh.

Das Flugzeug wendete. Das Motorengeräusch wurde noch lauter, und ein Zittern ging durch die Maschine, als sie auf der Startbahn an Geschwindigkeit zulegte.

Spitfire zitterte. Jeder Muskel war angespannt, und er rollte so stark mit den Augen, daß das Weiße zu sehen war. Aber unter Tanjas liebevoll streichelnden Händen blieb er ruhig stehen.

Endlich hob die Maschine ab. Tanja hielt sich an der Wand der Box fest. Spitfire warf seinen Kopf in die Höhe, so weit es das Seil zuließ.

„Ruhig, mein Kerlchen. Es ist doch gleich vorbei." Tanja atmete erleichtert auf, als das Flugzeug den Steigflug beendet hatte und gerade flog. Sie gähnte, um den Druck in den Ohren auszugleichen, und schaute zu ihrem Vater hinüber. Sein erleichterter Blick brachte sie zum Lächeln.

Spitfire nahm ein Stück Möhre.

„Du bist auch froh, mein Junge, nicht?" flüsterte Tanja in sein Ohr. Sie glättete seine Stirnlocke, dankbar, daß sie ihre Hand vom Halfter nehmen konnte. Sie bewegte ihre verkrampften Finger.

„Ich werde ihm ein bißchen Wasser und Heu holen." Hal kletterte über die Wand der Box. „Möchtest du auch etwas zu trinken?"

„Das wär' nicht schlecht." Wieder mußte Tanja gähnen. Diesmal war ihr linkes Ohr verstopft. „Ich glaube, der Geräuschpegel auf dem Flughafen war mir lieber."

Hal lachte leise vor sich hin, während er in ihren Vorräten stöberte. Er reichte ihr etwas zu trinken und eine trockene Decke über die Wand. „Soll ich dir dabei helfen?"

Tanja schüttelte den Kopf. Sie hatte doch genügend Platz in der Box, um sich zu bewegen. Wollte er sie necken? Schon seit sie zehn war, pflegte sie Pferde. Sie nahm Spitfire die feuchte Decke ab und striegelte das erschöpfte Pferd. Nachdem sie ihm die neue Decke übergelegt hatte, trat sie einen Schritt zurück, um ihr Werk zu betrachten.

Als sich Spitfire endlich ganz beruhigt hatte, sank Tanja in einer Ecke zusammen. Sie wollte die Box nicht verlassen, für den Fall, daß etwas passierte, doch es tat gut, wieder einmal zu sitzen. Ihr war gar nicht bewußt, daß sie eingeschlafen war, bis sie hörte, wie das Motorengeräusch sich veränderte und die Maschine ihren Sinkflug zum Flughafen von Louisville begann.

Spitfire zuckte zusammen, als die Räder den Boden berührten, aber immerhin blieb er ruhig. Selbst, als die Männer die Box um ihn herum abbrachen, beobachtete er sie nur, den Kopf auf Tanjas Schulter gelegt.

Hal nahm das andere Führseil, für alle Fälle, doch Spitfire marschierte die Rampe herunter, als sei er sein Leben lang geflogen. Er ging direkt in den Pferdetransporter, der auf sie wartete. Tanja klinkte die Führseile aus, damit Spitfire sein neues Quartier begutachten konnte. Nachdem sie ihn noch einmal umarmt hatte, sprang sie aus dem Wagen und schloß die Tür.

„Wie wär's, wenn Sie mich beim Mietwagenverleih rauslassen, damit ich meinen Wagen abholen kann? Ich folge Ihnen dann zur Rennbahn", sagte Hal zu dem Fahrer.

„Geht in Ordnung", lächelte der Mann. Seine weißen Zähne blitzten in dem sonnengebräunten Gesicht. „Das is' aber wirklich 'n prächtiges Pferd, das Sie da haben. Hab' schon 'ne Menge von ihm gehört."

„Fred, das ist meine Tochter Tanja." Hal legte eine Hand auf ihre Schulter. „Tanja, Fred Robertson."

Tanja streckte ihre Hand aus, wie es ihr beigebracht worden war. Ihre Finger verschwanden in der riesigen Pranke des Mannes.

„Nenn' mich einfach Fred." Er tippte mit der Hand an den Hut, nachdem er Tanjas Hand losgelassen hatte. „Du bist also die junge Dame, vor der alle Angst haben? Vielleicht gehst du mit deinem schwarzen Hengst da hinten in die Renngeschichte ein."

Tanja schaute ihn an. „Das Rennen zu gewinnen wäre wirklich schon aufregend."

Die drei kletterten ins Führerhaus. Tanja spürte die Erschütterungen des Wagens, als Spitfire hinten seine Inspektion fortsetzte. Sie hörte zu, wie Fred und ihr Vater sich über die Pferde und die Rennbahn unterhielten. Der Rotfuchs, den sie beim Santa-Anita-Derby geschlagen hatte, war schon am Wochenende angekommen. „Dondolo", ein in Kentucky beheimatetes Pferd, das in Florida „Golfstrom" besiegt hatte, war am Mittwoch eingetroffen. „Equinox", der gegenwärtige Favorit, wurde für Samstag erwartet.

Tanja lief ein Schauer über den Rücken. Sie war wirklich in Kentucky. Es war kein Wunschtraum mehr. Am Samstag in zwei Wochen sollte das Rennen stattfinden, in genau sechzehn Tagen.

„Tanja, du fährst am besten mit Fred, falls irgend etwas sein sollte, ja?" Hal zögerte kurz, bevor er die Transportertür schloß. Tanja nickte.

„Bist du zum ersten Mal hier?" Fred ließ den Motor an.

„Ja. Es ist auch meine erste Rennsaison. Spitfire ist unser erster Junghengst, der schnell genug ist, um große Rennen zu laufen. Papa ist schon lange Trainer, aber nur im Nordwesten."

„Und dieses Pferd hat dich groß rausgebracht." Fred lehnte sich gegen die Fahrertür. „Du mußt mächtig stolz sein."

„Fahren Sie schon lange Pferde?"

„Mir kommt es vor, als hätte ich mein ganzes Leben nichts anderes getan. So bin ich mitten im Geschehen."

„Erzählen Sie mir einiges über die Pferde, die Sie gesehen haben."

„Nun, ich höchstpersönlich habe ‚Secretariat' gefahren. Aber dieses Pferd wußte auch, daß es ein König war." Fred lachte leise vor sich hin. „Natürlich war ich damals noch ein wenig jünger. ‚Sommerwind' hat jetzt auch keinen schlechten Ruf. Du kennst auch ‚Seattle Star', nicht wahr?"

„Nein, aber er ist Spitfires Vater."

Fred winkte, als Hal aus dem Mietwagenverleih kam und zu dem dunkelroten, viertürigen Wagen ging. Leise summte er eine Melodie, als er sich in den Verkehr einfädelte. „Ich erinnere mich, als ..." Seine Geschichten fesselten Tanja auf dem ganzen Weg über die Autobahn und die Landstraßen nach Churchill Downs. Riesige Bäume säumten den Weg an der Hauptstraße entlang. Der Verkehr wurde dichter, als sie sich der Rennbahn näherten.

„Das letzte Rennen in dieser Saison", meinte Fred. „Wir sind jetzt gleich da."

Tanja sah in ihrem Außenspiegel nach, um sich zu vergewissern, daß ihr Vater immer noch hinter ihnen war. Jede Menge Pferdetransporter waren zu ihrer

Rechten geparkt, die Ställe befanden sich zu ihrer Linken.

Fred fuhr langsamer und setzte den Blinker. Der Platzwächter am Eingang winkte sie durch. Fred lenkte den Transporter den Hauptweg entlang zwischen den Ställen hindurch.

Tanja konnte die Rennstrecke rechts liegen sehen. Die drei Kuppeln über der Zuschauertribüne waren das Kennzeichen dieser berühmten Rennbahn.

Es hatte den Anschein, als wären sie ewig unterwegs. Fred erklärte ihr, wo die einzelnen Gebäude lagen, das Medienzentrum, die Erste-Hilfe-Station und schließlich Stall 41, wo die Rennpferde untergebracht waren. Der Stall schien riesig zu sein, hatte ein grünes Dach und war weiß verputzt. Alles war sehr gepflegt, selbst die grün-weißen Sägeböcke, die den Parkbereich markierten.

Fred lachte leise. Auch Tanja mußte grinsen.

„Nun –" Tanja atmete tief durch. „Vielen Dank für diese wundervolle Fahrt." Sie löste ihren Gurt. Der Transporter wackelte, weil Spitfire sich bewegte.

„Paßt gut auf euch auf, ja?" Fred öffnete seine Tür. „Und ich werde dabeisein – besonders bei der Siegerehrung."

„Vielen Dank." Tanja stieg aus und ging um den Wagen herum, um Spitfire auszuladen. Zwei Männer hielten ihrem Vater bereits ein Mikrophon vor die Nase und stellten ihm Fragen. Tanja half Fred, die Rampe herunterzulassen.

Spitfire wieherte und tat so seine Ankunft kund. Die Pferde in den Ställen antworteten ihm.

„Er sagt ihnen: ‚Achtung, jetzt bin ich da'." Wieder mußte Fred lachen und schüttelte den Kopf. „Dieser Junge wird sich von niemandem etwas schenken lassen."

„Zurück“, befahl Tanja, als sie die Tür öffnete. Spitfire schubste sie leicht an der Schulter und tat, was sie ihm gesagt hatte. An seinen geweiteten Nüstern erkannte sie, daß er wußte, daß er sich an einem fremden Ort befand, und daß er bereit war, ihn zu erkunden. „Jetzt bleib nur ruhig“, sagte sie zu ihm, als sie die beiden Führketten an seinem Halfter einklinkte und eine Kette über seine Nase legte für den Fall, daß er durchdrehte.

Spitfire blieb in der Tür stehen. Mit erhobenem Kopf und aufgestellten Ohren begutachtete er sein neues Königreich. Er beantwortete das Wiehern eines Pferdes aus dem Stall, blies Tanja zärtlich ins Gesicht und folgte ihr dann die Rampe herunter.

„Bist du Tanja Evanston?“ rief eine Stimme.

Kapitel 9

Spitfire tänzelte um Tanja herum. Die drei Leute, die auf sie warteten, stoben auseinander. „Benimm dich jetzt", befahl sie streng. „Es tut mir leid, aber er hat einen anstrengenden Tag hinter sich."

„Wir sind in Stall fünf, da entlang." Hal überprüfte die Papiere in seiner Hand. „Wir wollen ihm die Decke abnehmen, dann kannst du ihn ein wenig herumführen, damit er wieder locker wird, während ich mich um den Stall kümmere."

„Wenn du so steif bist wie ich, dann sind wir in argen Schwierigkeiten", sagte Tanja, als sie mit Spitfire ihrem Vater folgte. Das Pferd rieb seinen Kopf an Tanjas Schulter. Er schien auf Zehenspitzen zu gehen, und seine Augen und Ohren nahmen alles um sich herum auf.

Der Junghengst schüttelte sich wie ein nasser Hund, als Hal ihm die rot-goldene Decke abnahm, sie zusammenfaltete und über die halbhohe Wand legte, die die Ställe abschloß. Das überhängende Dach gab viel Schatten, so daß es in den Ställen kühler war als draußen.

„Komm schon, mein Junge." Tanja brauchte nicht erst an seinem Strick zu ziehen. Als sie das Gebäude verließen, hob Spitfire den Kopf und wieherte wieder. „Hör bloß auf damit, oder willst du, daß mir das Trommelfell platzt?" Tanja beobachtete ihn genau, um festzustellen, ob er nervös war. Das war aber nicht der Fall. Er wollte nur alle wissen lassen, daß er jetzt angekommen war.

Sie gingen auf den langen Wegen, die zwischen den Ställen hindurchführten. Einige waren kies-, andere sandbedeckt. Manche Ställe waren mit Blumenkörben geschmückt, andere mit Ornamenten versehen. Bandagen, Decken, Tücher, alles, was man auf einer Rennbahn benötigte, hing auf den Leinen, die zwischen die beiden Pfosten der halbhohen Mauer gespannt waren.

Die Sonne ging bereits hinter den Ställen unter, als Tanja und Spitfire zurückkamen. Hal hatte ihre Box am Ende des Stalls vorbereitet. Sie war mit reichlich Stroh ausgelegt, ein Heunetz hing in einer Ecke. Spitfire ging direkt zum Wassereimer und nahm einen großen Schluck. Während er seine Nase in den Hafertrog steckte, strich Hal über die Beine des Hengstes, um zu sehen, ob sie heiß oder geschwollen waren.

„Wir werden die Bandagen heute nacht noch dranlassen, falls er unruhig ist, aber ich glaube, daß er gut schlafen wird." Er tätschelte den Rücken des Pferdes. „Und ich auch."

„Weißt du, wo wir hinmüssen?" fragte Tanja, als sie das Begrenzungsnetz über dem Stalleingang einhakte.

„Sicher." Hal lächelte bei ihrem fragenden Blick. „Ich habe eine Karte."

„Können wir bald etwas essen? Ich bin halb verhungert." Tanja schaute sich nach ihren Koffern um. „Wo sind meine Sachen?"

„Im Auto. Fred hat mir geholfen, sie einzuladen."

„Ich habe mich gar nicht von ihm verabschiedet. Er war so freundlich."

„Er sagte, wir würden uns vor dem Rennen noch sehen. Er war auch von dir sehr angetan." Hal legte einen Arm um ihre Schultern. „Komm, laß uns fahren."

Die Vögel zwitscherten ihr Abendlied in den alten Eichen, die den Hintereingang der Rennbahn säumten. Ein Pferd wieherte, und ein anderes antwortete. Jemand nahm seine Gitarre zur Hand und spielte leise. Die Melodie wurde von dem Wind davongetragen. Die Rennbahn machte sich bereit für die Nacht. Es hätte jede Rennbahn sein können, aber das war nicht der Fall. Sie waren in *Churchill Downs*. Tanja hüpfte vor Freude, als sie zu ihrem Auto gingen.

Hal reichte ihr die Karte hinüber. „Hier, du sagst mir, wie wir fahren müssen." Er deutete auf den eingekreisten Bereich, wo sich die Rennbahn befand und dann auf die Straße, die zu ihrem Hotel führte. „Es liegt direkt an der Straße. Wir dürften eigentlich keine Schwierigkeiten haben."

Tanja schaute sich den Prospekt an. „Eine Jacuzzi-Badewanne in jedem Zimmer? Das ist toll!"

„Gib nur acht, wo wir hinfahren", neckte Hal sie. „Über Badewannen können wir uns später noch unterhalten." Er winkte dem Wächter am Tor zu und bog rechts ab. „Wollen wir jetzt essen oder erst zum Hotel fahren und dort essen?"

„Laß uns jetzt etwas essen."

Tanja seufzte, als sie nach dem Abendessen wieder ins Auto stieg. „Es ist schon seltsam, ich wußte, daß die hier im Süden einen Akzent haben, doch ich komme mir schon ziemlich blöd vor, daß ich ständig nachfragen muß, weil ich kaum etwas verstehe."

„Ich hatte immer geglaubt, daß ich akzentfrei spreche, aber das scheint nicht zu stimmen. Die Kellnerin hat uns gleich gefragt, wo wir herkommen."

Tanja schaute von ihrer Karte auf, um zu sehen, wo ihr Vater hinfuhr. „Noch zwei Ausfahrten, dann müßten wir eigentlich da sein."

Hal parkte unter dem Säulengang des großen Gebäudes, das im New-Orleans-Stil erbaut war.

„Ich glaube, hier gefällt es mir", sagte sie.

„Ich *weiß*, daß es mir hier gefällt", bekräftigte sie, als

sie auf die riesige, ovale, rosafarbene Wanne in ihrem Badezimmer blickte. Sie brauchte fast einen Hocker, um hineinzusteigen.

„Denkst du, daß es in Ordnung ist?“ fragte Hal, nachdem er dem Pagen ein Trinkgeld gegeben hatte. „Du meine Güte, das Ding ist ja beinahe so groß wie ein Schwimmbecken.“

„Und ich werde sofort hineinsteigen.“ Tanja las sich die Anweisungen an der Wand durch. Sie nahm eine der kleinen Flaschen hoch, die in einem Nest von dreifachgefalteten Waschlappen lagen. „Hier ist Schaumbad.“ Sie drehte die Hähne auf und stellte die Temperatur ein. Nachdem sie die blaue Flüssigkeit ins Wasser geschüttet hatte, fing es sofort an zu schäumen. „Jetzt werde ich erst einmal meine Sachen aufhängen. Es dauert bestimmt ewig, bis dieses Ding voll ist.“

Ein Wohnzimmer trennte die beiden Schlafzimmer ihrer Suite. Bilder von Pferderennen und Fuchsjagden hingen an den Wänden. Französische Türen führten zu einem Balkon, von dem aus man den mit Glas überdachten großen Hof überblicken konnte. Dort standen die schmiedeeisernen Tische, an denen das Frühstück eingenommen werden sollte.

Tanja ließ sich auf das riesige Bett in ihrem Zimmer fallen. Selbst mit ausgebreiteten Armen konnte sie nicht beide Bettkanten gleichzeitig berühren. Auf ihre Ellenbogen gestützt, betrachtete sie sich im Spiegel und streckte ihrem grinsenden Gesicht die Zunge heraus. Dann stand sie auf, um ihre Koffer auszupacken. Die Wanne war noch nicht einmal halb voll.

„Grüß Mama schön von mir“, sagte sie, als sie die Badezimmertür hinter sich schloß. „Und erzähle ihr, daß ich in einer monströsen Wanne liege. Vielleicht überzeugt sie das davon, daß sie herkommen muß.“

Tanja steckte ihr Haar auf. Endlich war genug Wasser

in der Wanne. Mit einem Knopfdruck konnte man das Wasser in Bewegung bringen. Bevor sie einstieg, rollte sie sich ein Handtuch zusammen und legte es unter ihren Kopf. Dann versank sie in dem heißen, blubbernden Wasser. Ihre Zehenspitzen berührten gerade die gegenüberliegende Seite. Sie hielt einen Fuß über den einen Wasserstrahl und ließ den anderen in ihre Handfläche strahlen. Wie gut das tat!

Als sie endlich aus der Wanne stieg und zu Bett gehen wollte, war ihr Vater schon fest eingeschlafen. Tanja überlegte, ob sie das Fernsehgerät einschalten sollte, doch sie war zu müde und kroch lieber ins Bett.

Wieder diese Alpträume! Sie schrie und schrie, doch kein Laut drang aus ihrem Mund. Sie konnte nicht genügend Luft bekommen. Das Pferd war tot. Auch ein Jockey. Die Sirenen der Krankenwagen. Noch mehr Schreie. Etwas hielt sie fest; sie konnte sich nicht bewegen. Warum war ihre Mutter nicht da?

„Tanja, Tanja, es ist ja alles gut. Du träumst nur." Hal rüttelte sie sanft. „Wach auf, Tanny."

Mit einem Ruck setzte Tanja sich im Bett auf. Sie atmete tief durch und schüttelte den Kopf. „Wo ist Mama?"

„Zu Hause. Tanja, alles ist in Ordnung. Du hast nur schlecht geträumt."

„Das stimmt." Tanja ließ sich in die Kissen zurückfallen. „Ich hatte gedacht, diese schrecklichen Alpträume wären endlich vorbei. Papa, ich habe solche Angst gehabt. Ich dachte, ich würde sterben – und Mama wollte nicht mit mir sprechen – und …" Sie barg ihr Gesicht in den Händen.

„Und?"

„Und ich sollte nicht solche Angst haben. In der Bibel heißt es: ‚Fürchte dich nicht'. Wenn Gott also bei mir ist, warum habe ich dann trotzdem solche Angst? Und ich muß immer denken, daß Mama sich auch nicht solche Sorgen zu machen bräuchte, wenn ich keine Rennen reiten würde."

„Und darum fühlst du dich schuldig." Liebevoll strich Hal ihr die Haare aus dem Gesicht.

Tanja nickte. Sie schniefte und griff nach einem Taschentuch auf dem Nachttisch. „Ja, das ist, als hätte ich eine kleine Stimme in meinem Kopf, die mir immer zuruft, daß alles meine Schuld ist." Sie rieb sich mit ihren Fingern die Schläfen. „Manchmal bekomme ich richtig Kopfschmerzen von all dem."

„Tanny, ich glaube, das ist ein ernstes Problem."

„Ich weiß."

„Sieh mich an." Liebevoll hob er ihr Kinn mit dem Finger hoch. „Dein Problem ist, daß du ein Mensch bist, wie wir anderen auch."

„Papa!"

„Nein, ich meine es ernst. Ängste und Schuldgefühle gehören zu unserem Menschsein dazu. Und Teenager sind besonders anfällig für Schuldgefühle. Zumindest diejenigen, die Gottes Gnade nicht richtig verstanden haben."

„Ich weiß, daß ihm meine Ängste nicht egal sind." Tanja erzählte ihrem Vater von ihrem Erlebnis auf der Rennbahn. „Ich machte weiter und ritt an diesem Tag. Und seitdem ist es viel besser."

„Das ist doch gut!"

„Ich weiß. Aber dieser Alptraum macht alles wieder schlimmer."

„Dann berufe dich wieder auf diese Verse, bring Gott deine Ängste, deine Schuld – und mach weiter. Auf diese Weise wird der Glaube aufgebaut. Das ist genau wie bei den Muskeln. Wenn du sie beanspruchst, tun sie weh, aber sie werden auch kräftiger. Der Glaube ist wie ein Muskel. Benutze ihn, oder du verlierst ihn."

„Bei dir klingt das alles so einfach.“ Tanjas Finger verkrampften sich.

„Erinnerst du dich, wie der Vers ‚Fürchte dich nicht‘ weitergeht?“

Tanja nickte. „Ich bin bei dir.“

„Gott gibt uns niemals eine Anweisung ohne ein Versprechen.“ Sie schwiegen. „Ich bin gleich wieder da.“ Hal kam nach wenigen Augenblicken mit dem geschnitzten Adler wieder und stellte ihn auf ihren Nachttisch. „Nur eine kleine Erinnerung, die dir helfen kann, wenn *du* die Flügel des Adlers brauchst.“

Tanja warf die Arme um seinen Hals. „Ich hab‘ dich lieb.“

Hal drückte sie an sich. „Und ich dich auch. Gute Nacht, und träum diesmal was Schönes.“ Tanja kuschelte sich in ihrem Bett zurecht, und Hal deckte sie gut zu. Dann knipste er die Lampe aus.

Das nächste, was sie wahrnahm, war ihr Vater, der an die Tür klopfte. „Es ist Zeit zum Aufstehen. Ich warte unten im Frühstücksraum auf dich.“

Tanja streckte beide Arme über ihren Kopf und beugte sich dann bis zu ihren Zehen hinunter. Der Alptraum schien so weit entfernt zu sein wie die meisten Träume nach dem Aufwachen. Sie schaute den Adler an und sprang aus dem Bett. Was für ein herrlicher Tag!

Unten schnappte sie sich einen Apfel, Toast und ein Stück gebratenen Schinken. „Ich bin soweit.“

Spitfire war auch hellwach, als sie zur Rennbahn kamen. Er wartete schon auf sein Futter. Tanja maß ihm seinen Hafer ab und füllte den Wassereimer neu. „So, guten Appetit.“ Im Vorbeigehen tätschelte sie seinen Hals.

Schulter an Schulter lehnten sie und Hal am Zaun der Rennbahn und beobachteten die Morgenarbeit. *Ich kenne keine Menschenseele hier*, dachte Tanja, als sie zusah, wie eine Reiterin eine Meinungsverschiedenheit mit ihrem Pferd hatte. *In Santa Anita war ich nicht lange genug, aber hier …* Sie zuckte mit den Achseln. Vielleicht kam sie auf diese Weise dazu, etwas mehr in ihre Bücher zu schauen. „Hast du David daran erinnert, meine Bücher zu holen? Und die Aufgaben?"

„Er hat sie gestern nachmittag abgeschickt. Am Montag werden sie wohl hier sein."

„Gut – denke ich."

Hal nickte. „In der nächsten Woche mußt du hart arbeiten, denn in der Rennwoche wirst du kaum dazu kommen."

Tanja beobachtete ein anderes Pferd. „Ich hoffe nur, daß Mama kommt. Meinst du, daß sie es tun wird?"

„Ich bete dafür. Und ich weiß, daß auch sie dafür betet." Er schaute auf seine Uhr. „Spitfire sollte jetzt eigentlich fertig sein. Komm, wir bringen ihn auf die Bahn."

Spitfire rieb sein Hafermaul an Tanjas Wange und blies ihr den restlichen Hafer in die Haare.

„Vielen Dank." Sie wischte fort, was sie konnte. „Möchtest du striegeln oder Hufe auskratzen?" Sie ließ ihren Vater wählen. Es war seltsam, mit ihm zu arbeiten, statt wie sonst mit David. Es erinnerte sie wieder an zu Hause. Jetzt war sie endlich hier und vermißte schon ihren Bruder und ihre Mutter. *Großartig!*

„Ich übernehme die Hufe." Hal reichte ihr die Bürste. Er hob den Vorderhuf an und beugte sich vor.

Tanja summte vor sich hin, während sie ihr Pferd striegelte. Selbst in der Dunkelheit des Stalls glänzte Spitfires Fell. Er war gesund und gut gepflegt.

Nachdem er seine Arbeit getan hatte, lehnte sich ihr Vater gegen die Stallwand.

„Bist du in Ordnung?" fragte Tanja und unterbrach das Striegeln für eine Weile.

„Ja. Ich bin es nur nicht mehr gewöhnt, mich so lange zu bücken. Du und David, ihr habt mich ganz schön verwöhnt.“ Tanja hörte ein leichtes Keuchen, als er sprach.

„Hier.“ Sie warf ihm die Bürste zu. „Ich werde die Bandagen abnehmen, während du den Sattel holst.“

„Nein, laß sie noch dran.“ Er entfernte das Netz vor der Tür und verließ den Stall.

„Manchmal macht er mir Angst“, flüsterte Tanja in Spitfires aufmerksam spielende Ohren.

Und schon wieder machst du dir Gedanken, quälte sie ihre innere Stimme. *Siehst du jetzt, wie einfach das ist?* Tanja schüttelte den Kopf und rollte mit den Augen.

Spitfire stand ganz ruhig, als sie ihn sattelte. Er senkte sogar den Kopf ein wenig, damit sie ihm die Trense über den Kopf ziehen konnte. Tanja glättete seinen Schopf und atmete tief durch. „Nun los, mein Kerlchen, dein Publikum wartet.“ Sie führte ihn aus dem Stall und wendete sich nach rechts. Das Pferd am Ende der Boxenreihe in Stall eins streckte seinen Kopf aus der Boxtür hervor und wieherte. „Wer ist das?“ fragte Tanja.

„‚Nancy's Request‘. Er gehört dieser Sängerin in Hollywood. Hab' noch nicht viel von ihm gehört. Vielleicht startet er gar nicht.“

„Hat er Probleme?“ Sie wartete darauf, daß ihr Vater ihr aufs Pferd half.

„Er bekommt immer wieder eine Entzündung, und sie wissen nicht, warum.“ Er hievte Tanja aufs Pferd. „Laß es jetzt langsam angehen. Dreh eine Runde im Schritt, damit er die Bahn kennenlernen kann, und trabe dann erst an.“

„Sag *ihm* das.“ Tanja tätschelte Spitfires Hals. Hal führte sie zum Eingang der Bahn. Dann setzte er sich auf die hölzerne Tribüne, die extra für die Trainer und Reporter aufgestellt worden war.

Tanja gab Spitfire Zeit, sich umzusehen. Andere Pferde kamen und gingen. Eine Reiterin flog kurz hinter dem Tor in den Dreck, und ihr Pferd galoppierte die Bahn hinunter. Sie stand auf und klopfte sich ab. Abscheu stand in ihrem Gesicht geschrieben. Die Helfer in den roten Jacken brauchten eine ganze Weile, um den Ausreißer wieder einzufangen. Das Pferd verstand es, sie geschickt immer wieder auszutricksen.

Als Tanja mit der Zunge schnalzte, setzte Spitfire sich leichtfüßig in Bewegung. Sie blieben an der Außenseite der Bahn, um den schneller laufenden Pferden nicht im Weg zu sein. Tanja und Spitfire verrenkten sich fast den Hals, um alles sehen zu können. Die Zuschauertribünen erstreckten sich von kurz hinter der ersten Kurve bis zur nächsten. Eine Grasbahn lag in der Innenseite der ovalen Erdbahn, und ihr Gras war so grün wie das auf dem Innenfeld. Die Totalisatoren waren mit grüner Farbe frisch gestrichen, und das sechseckige Gebäude in der Mitte der Bahn erstrahlte in blendendem Weiß. Treppen führten zu den Ehrentribünen hinauf. ‚Churchill Downs' stand in goldenen Buchstaben darauf geschrieben. Ein Hufeisen aus roten Blumen zierte den grünen Rasen drumherum. Direkt dahinter befanden sich die beiden großen Pfosten, auf denen in Goldbuchstaben „Start" und „Ziel" geschrieben stand.

„Beeindruckend, was, alter Junge?" Tanja schaute sich die Blumenbepflanzung in gelb, rot und orange an. „Sieh dir dieses Hufeisen gut an, denn wenn das alles hier vorüber ist, wollen wir genau da stehen."

Ein Pferd galoppierte an ihnen vorüber und lenkte ihre Aufmerksamkeit auf einen Brunnen, dessen Wasserfontäne etwa drei Meter in die Höhe spritzte. „Toll! Wirklich beeindruckend."

Nachdem sie ihre zwei Runden gedreht hatten, ritt Tanja zurück zu ihrer Box. Sie hatte erwartet, ihren Vater am Tor zu treffen, doch als sie ihn nicht sah, ritt sie weiter. Sie fand ihn schließlich gegen die Mauer gelehnt. Er atmete mühsam. Der halbausgemistete Stall zeigte ihr dann, womit er sich beschäftigt hatte.

„Was ist los mit dir?" schimpfte sie. „Du weißt doch, daß du in diesem Staub nicht arbeiten sollst." Sie stemmte beide Hände in die Hüften, ließ aber die Zügel nicht los. „Jetzt laß das sein und …"

„Jawohl, Chef." Hal tippte mit dem Finger an seine Mütze. Sein Sarkasmus schnitt ihr das Wort ab.

„Es tut mir leid." Tanja gab ihm die Zügel. „Vielleicht könntest du ihn ein wenig herumführen, während ich …" Sie unterbrach sich. Ihr Vater durfte jetzt auch nicht so viel laufen. *David, ich brauche dich so.* „Nein. Du räumst das Zaumzeug weg, und ich werde ihn herumführen. Dann kannst du ihn halten, während ich den Stall saubermache. Okay?" Sie löste den Sattel und das Zaumzeug und unterhielt sich dabei mit ihrem Vater. Bewußt schaute sie ihn nicht an. Sie wußte, wie schwer es ihm fiel, zuzugeben, daß er nicht so konnte, wie er wollte.

Kapitel 10

„Papa? Wenn du ihn hältst, kann ich den Stall zu Ende ausmisten."

Hal nickte. „Das Wasser tut gut." Er nahm noch einen Schluck, lehnte sich gegen die Stallwand und streckte die Hand aus, um die Zügel zu nehmen. Spitfire schnupperte an dem Becher. Als er anfing, an dem gerollten Papierrand zu knabbern, schüttelte Hal den Kopf. „Nicht für dich, alter Junge. Dein Wasser ist im Eimer."

Tanja überließ die beiden ihrer Diskussion um den Wasserbecher und machte sich dran, den Stall auszumisten. Nachdem sie einige Schubkarren voll Mist geladen und aus dem Stall gebracht hatte, lief ihr der Schweiß über den Rücken.

Sie war gerade dabei, einen Ballen Stroh auf den Schubkarren zu heben, als eine Stimme sie unterbrach.

„Komm, laß mich das für dich machen."

Sie drehte sich um und blickte in die blauesten Augen, die sie je gesehen hatte. Ihr Besitzer hatte kastanienrotes, gewelltes Haar und grinste sie an. Sie mußte zurückgrinsen.

„Man nennt mich Red, aber eigentlich heiße ich Eric." Er hob einen Ballen Stroh auf ihren Schubkarren. „Noch einen?"

„Ja, vielen Dank. Ich heiße Tanja Evanston." Noch bevor sie den Schubkarren aufnehmen konnte, schob er ihn schon in Richtung auf ihren Stall. „Das brauchst du doch nicht. Ich kann das sehr gut allein."

„Ich weiß."

„Stall fünf."

„Ich weiß. Du kommst aus Washington und reitest Spitfire. Du bist das erste Mal in Kentucky, und die meisten Leute sind der Meinung, daß die Welt untergeht, wenn ein Mädchen das Rennen gewinnt."

„Wie …?"

„Ich kann lesen. Wir Südstaatenjungen müssen erst lesen lernen, bevor sie uns auf einen Pferderücken lassen. Doch ich bin schon geritten, bevor ich lesen konnte." Er nahm die Ballen und ließ sie auf den Stallboden fallen.

Tanja verkniff sich eine Antwort. Sie schaute rechtzeitig zu ihrem Vater hinüber, der ihr ein Zeichen gab.

„Muß jetzt gehen. Bis später, vielleicht in der Kantine. Nur noch ein Pferd an diesem Morgen." Pfeifend marschierte er davon.

Hal schaute seiner Tochter ins Gesicht und fing an zu lachen. Selbst ein Hustenanfall hielt ihn nicht davon ab.

„Was ist denn so lustig dabei?" Tanja schnitt die Schnüre des Strohballens mit einer Schere durch und rollte sie zusammen. Dann nahm sie die Mistgabel und verteilte das Stroh in der Box. Staubwolken flogen auf. „Ich weiß gar nicht, wie er dazu kommt, so etwas zu tun", murmelte sie vor sich hin. „Hier muß es doch jemanden geben, den wir als Hilfe anheuern können."

„Der hat dir die Sprache verschlagen, was?"

„Wer?" Tanja zog sich die Lederhandschuhe aus und stopfte sie in die hinteren Taschen ihrer Hose. Sie wischte sich mit ihrem Ärmel über die Stirn. „Wo holst du immer das Wasser?"

Hal deutete auf einen Wasserhahn. „Dieser Jockey, der dir geholfen hat."

„Jockey? Vielleicht war er nur ein Trainingsreiter." Tanja holte sich einen Becher Wasser.

„Weißt du nicht, wer das ist?"

„Red oder Eric heißt er. Mehr hat er nicht gesagt. Ich habe ihn nicht gebeten, mir zu helfen, weißt du." Spitfire rieb seinen Kopf an ihrer Schulter und schnupperte dann an ihrem Becher. „Geh weg. Dein Wasser ist in deinem Stall." Sie schubste seine Nase beiseite.

„Willst du wissen, wer er ist?"

„Nicht unbedingt. Im Augenblick würde ich lieber essen." Sie bückte sich und begann, die Bandagen von Spitfires Beinen zu entfernen. Als sie damit fertig war, gab sie sie Hal, der sie über die Leine zwischen den beiden Pfosten hängte. Danach inspizierte sie den Stall. „Der Staub hat sich gelegt. Er kann jetzt hineingehen." Sie führte den Hengst in seine Box und ließ ihn los. „Sei jetzt ein braver Junge." Sie gab ihm noch einen Klaps auf den Rücken und schlüpfte aus dem Stall, während Spitfire trank.

Tanja nahm den Eimer mit den Bürsten, dem Hufkratzer und dem Schwamm auf, um ihn in einer der Kisten zu verstauen. Sie legte auch ihre Schere, Handschuhe und ihren Helm dazu und schaute sich noch einmal um, um sicherzugehen, daß nichts mehr herumlag. Ihr Vater hatte ihr das beigebracht; was man liegenließ, war garantiert am nächsten Tag weg.

Im Auto lehnte sich Hal gegen die Kopfstütze und schloß die Augen. Sein Atem ging flach, und ab und zu mußte er husten. Er gab Tanja die Schlüssel. „Am besten fährst du, zumindest hier im Gelände."

Tanja verstellte den Sitz und ließ den Motor an. „Darf ich dieses Auto denn fahren?"

„Eigentlich nicht. Ich hätte dich auch bei der Leihfirma unterschreiben lassen sollen, für alle Fälle." Hal öffnete die Augen. „Wenn ich einen heißen Kaffee getrunken und etwas gegessen habe, wird es mir wieder besser gehen."

Tanja fand einen Parkplatz genau vor dem Ziegelgebäude, das im Schatten mächtiger Eichenbäume lag. ‚Rennbahn-Kantine' war in großen Buchstaben über den weißen, doppelflügeligen Türen zu lesen. Die Fenster hatten weiße Fensterläden, und weiße Steine säumten die Blumenbeete und die Bäume. Das Ganze sah eher aus wie ein hübsches Privathaus, nicht wie eine Kantine.

Tanja ging zuerst zur Toilette, bevor sie sich um Essen anstellte. Ein Blick in den Spiegel auf ihr schmutzverschmiertes Gesicht ließ sie aufstöhnen. Nicht gerade der beste Anblick für eine neue Bekanntschaft.

Ich dachte, du wärst nicht interessiert, meldete sich ihre innere Stimme.

„Bin ich auch nicht – ich meine – ich –" Tanja stopfte das nasse Papierhandtuch in den Abfalleimer. Sie holte einen Kamm aus ihrer Tasche, kämmte sich und steckte ihr Haar wieder fest. Ihr Pony war angeklatscht von dem Helm. Sie feuchtete ihre Hände an und versuchte, ihre Haare etwas herzurichten.

Natürlich! Das machst du alles nur, weil du frühstücken willst. Hihihi, beharrte die Stimme.

Tanja stopfte den Kamm wieder in ihre Tasche und wünschte, sie könnte diesen Quälgeist zusammen mit dem Papier in den Abfalleimer stecken.

Ein Mann, der aussah wie ein Reporter, hatte sich zu ihrem Vater an den Tisch gesetzt. Hal stellte ihn als Reporter der Zeitschrift *Vollblutpferde* vor.

„Soll ich dir was mitbringen?" Tanja streckte die Hand nach Geld aus. „Wie üblich?" Hal nickte, und sie reihte sich in die Schlange der Wartenden ein. Tanja studierte gerade die Speisekarte über der Theke, um zu sehen, ob es etwas Neues gab, das sie gern probieren würde.

„Ich hab' mir doch gedacht, daß ich dich hier treffen würde", sagte eine Stimme hinter ihr.

Sie wirbelte herum. Eric griff hinter sie, nahm zwei Tabletts auf und gab ihr eins. „Hier gibt es leckere Pfannkuchen. Da sind Gabeln und Messer."

„Ich komme schon zurecht, danke." Tanja schüttelte den Kopf. Wer glaubte er denn zu sein, daß er ihr sagen konnte, was sie zu tun hatte? Doch sie konnte seinem Lächeln einfach nicht widerstehen.

„Meine Schwester sagt immer, ich sei zu bestimmend."

„Da hat sie recht", rutschte es Tanja heraus.

„Bestellt ihr jetzt, oder was ist los?" Der junge Mann hinter dem Tresen lehnte sich demonstrativ zurück.

Tanja wurde rot. „Zwei Bestellungen. Einmal Spiegelei mit weichem Dotter, Schinken und Pfannkuchen."

„Kleine Portion oder große?"

„Wie?"

„Möchtest Du zwei Pfannkuchen oder vier?" Seine dunklen Augen lachten sie an.

„Zwei. Und bei der zweiten Bestellung bitte zweimal Spiegelei mit weichem Dotter." Sie griff nach einer Tüte Milch und schob ihr Tablett weiter. Warum hatte sie nur das Gefühl, daß diese beiden Jungen sich über sie lustig machten? Als sie bezahlte, erschienen wie von Zauberhand zwei Teller auf dem blankgeputzen Tresen. Sie stellte sie auf ihr Tablett und ging zu dem Tisch zurück, wo ihr Vater in seine Unterhaltung vertieft war. Er nahm den Teller, den sie ihm reichte, und nickte ihr zu, ohne den Blickkontakt mit dem Reporter zu unterbrechen.

„Stör dich nicht an Sam." Eric stellte sein Tablett neben Tanjas. „Er ärgert gern hübsche Mädchen. Wenn du ihn erst richtig kennst, wirst du ihn mögen." Er schob sich seinen Stuhl zurecht und setzte sich. „Eigentlich ärgert er alle Leute gern."

Tanja schaute ihn erstaunt an. Sie öffnete ihren Mund, brachte aber kein Wort heraus. Verblüfft beobachtete sie, wie er sich über seine Rühreier und seinen Toast hermachte. Wer glaubte er denn zu sein – ihr großer Bruder? Der, den sie hatte, reichte ihr schon – vielen Dank.

Tanja verteilte Butter und Sirup auf ihren Pfannkuchen. Dann neigte sie ihren Kopf, um zu beten. Als sie wieder aufschaute, bemerkte sie, wie Eric sie anstarrte.

„Das erfordert 'ne Menge Mut", sagte er leise.

„Was?"

„In der Öffentlichkeit zu beten. Genau das ist einer der Gründe, warum ich dich mag." Er zwinkerte ihr zu und trank seine Milchtüte halb leer.

Tanja blieb der Mund offen stehen. Automatisch schloß sie ihn wieder. Ihre Knie wurden weich. Während sie frühstückte, versuchte sie, gleichzeitig der Unterhaltung ihres Vaters zu folgen und Erics Fragen zu beantworten. Schließlich hörte sie nur noch Eric zu, der ihr von den Leuten erzählte, die sich in der Kantine aufhielten. Berühmte Trainer, Weltklasse-Jockeys, bekannte Reporter – alle waren hier versammelt und unterhielten sich über Pferde. Sie wünschte, sie könnte an jedem Tisch einmal Mäuschen spielen, aber ihre Mutter hatte ihr beigebracht, daß man nicht lauschte.

Als sie ihr Tablett zurückschob, stellte Eric es auf seins und brachte beide zurück.

„Morgen bist du dran", verkündete er, als er sich mit einer Tasse Kaffee in der Hand wieder zu ihr setzte. „Möchtest du auch Kaffee?"

„Nein, danke. Und wieso denkst du, daß wir – ich meine – ich –"

„Daß wir zusammen frühstücken werden?" Er nahm einen Schluck Kaffee und zuckte mit den Achseln. „Wir machen es eben einfach. Kommst du heute nachmittag zu den Rennen?"

„Ich – äh – ich weiß nicht." Sie wandte sich ihrem Vater zu. Er hatte gerade sein Interview mit dem Reporter beendet und die letzte Frage gehört.

Er streckte seine Hand aus. „Hallo, Red, ich habe schon viel von Ihnen gehört." Er beantwortete Tanjas Frage, noch bevor sie sie stellen konnte. „Das ist Red Holleran, einer der führenden Jockeys des Landes."

Tanja fühlte sich wie ein begossener Pudel.

„Und was die Rennen angeht, heute lieber nicht. Wir müssen noch unsere Lizenz beantragen, und ich muß mich eine Weile ausruhen. Tanja, du kannst gerne bleiben, wenn du möchtest."

Tanja schüttelte den Kopf. Sie sah, wie müde ihr Vater war. Der Hustenanfall im Stall und der gestrige Tag hatten ihren Vater sehr erschöpft.

„Wie sieht's mit dem Abendessen aus?" Eric schaute Tanja an. „Wir könnten uns hinter den Ställen treffen, wenn die Rennen vorüber sind."

Bat er sie um ein Rendezvous? Tanja schaute ihren Vater an. Sie war nicht sicher, ob sie ihn überhaupt um Erlaubnis bitten wollte.

„Vielleicht ein anderes Mal." Hal schob seinen Stuhl zurück. „Wenn ihr euch ein bißchen besser kennt."

Tanja seufzte – vor Erleichterung – Enttäuschung? Sie war nicht sicher.

Kapitel 11

Hal verschlief den ganzen Nachmittag.

Tanja cremte sich mit Sonnenmilch ein und legte sich an den Swimmingpool. *Es wäre schön gewesen, Red beim Rennen zuzuschauen,* dachte sie. *Und das Abendessen? Wahrscheinlich hatte er Hamburger gemeint. Vielleicht aber auch nicht. Vielleicht wäre es ein richtiges Rendezvous gewesen.* Nachdem sie einige Stunden in der Sonne gelegen hatte, stand sie auf. Die Sternchen, die sie sah, erinnerten sie an die letzte Gehirnerschütterung, doch sie verschwanden sofort wieder, als sie sich bewegte.

Nachdem sie sich umgezogen hatte, ging sie zu dem Einkaufszentrum, das in der Nähe des Hotels lag. Sie verbrachte eine Stunde im Postkartengeschäft und mußte leise vor sich hinlachen, als sie Karten auswählte, die sie nach Hause schicken wollte. Allerdings machte es nur halb so viel Spaß, weil sie niemanden hatte, dem sie sie zeigen konnte.

Im nächsten Geschäft fiel ihr Blick auf ein T-Shirt. Leider hatte sie nicht genügend Geld mit, und zur Bank konnte sie auch nicht mehr gehen, bevor sie nach Hause flogen. Sie würde ihren Vater um Geld bitten müssen.

Nachdem sie sich noch eine Diät-Cola aus dem Automaten gezogen hatte, ging sie wieder auf ihr Zimmer. Mittlerweile war es Zeit, zur Rennbahn zu fahren, um Spitfire zu versorgen. Vorsichtig weckte sie ihren Vater.

„Papa? Es ist Zeit, Spitfire zu füttern." Ihr fiel auf, daß sich die Linien um seinen Mund vertieft hatten. „Papa?"

Hal grunzte und blinzelte mit den Augen. „Ich wollte eigentlich nicht den ganzen Tag verschlafen."

„Vermutlich hast du es nötig gehabt. Ich kann allein fahren, wenn du möchtest."

„Nein. Du bist noch nicht als Fahrer des Wagens eingetragen", erinnerte er sie und schwang seine Beine aus dem Bett. „Auf dem Rückweg werden wir beim Flughafen vorbeifahren und auch deinen Namen auf den Vertrag setzen. Nur für den Fall, daß du mal irgend etwas besorgen mußt." Er nahm ihren Cola-Becher und trank einige Schlucke daraus. „Hmm, das tut gut."

Auf der Fahrt zur Rennbahn schien er wieder mehr er selbst zu sein. Spitfire begrüßte sie mit Schnauben und Wiehern. „Führ du ihn ein wenig herum", sagte Hal und holte sich einen Gartenstuhl, „ich muß Papierkram erledigen."

Als Tanja und Spitfire zurückkamen, hatten sich einige Männer Stühle geholt und saßen um Hal herum. Tanja konnte hören, daß sie sich über Pferde unterhielten.

„Tanja", rief ihr Vater sie. „Hier ist jemand, den ich dir vorstellen möchte."

Tanja ging zur Sattelkammer zurück. „Patrick O'Hern, das ist meine Tochter Tanja." Hal legte seine Hand auf ihren Arm. „Ich habe vor einigen Jahren etwas über diesen Mann gelesen, Tanja. Er hat sich von seiner Karriere als Jockey zurückgezogen und ist jetzt ein berühmter Trainer."

Tanja begrüßte einen Mann, der nicht größer war als sie. Seine blauen Augen blitzten über seinen Nikolausbäckchen, als er seinen Hut zog, um sie zu begrüßen.

„Das ist also das Mädchen, von dem alle Welt

spricht." Seine tiefe Stimme erstaunte Tanja. „Ich freue mich, dich kennenzulernen."

„Haben Sie ein Pferd hier?" fragte Tanja. Aus der peinlichen Stille, die eintrat, schloß sie, daß sie etwas Falsches gesagt hatte.

„Nein, Mädchen. Das ist schon Jahre her."

Tanja warf ihrem Vater einen fragenden Blick zu. Hal schüttelte leicht den Kopf. Daraufhin nickte sie dem alten Trainer zu. „Es war nett, Sie kennenzulernen. Ich muß jetzt ein hungriges Pferd füttern." Als sie ging, hörte sie, wie die Unterhaltung langsam wieder in Gang kam. *Was sollte das?* fragte sie sich. Dann machte sie sich an die Arbeit.

„Und jetzt schlaf schön", sagte sie zu Spitfire, nachdem sie den Mist aus seiner Box entfernt hatte. Sie füllte noch den Wassereimer und maß seinen Hafer ab. Sie lehnte sich gegen seinen Rücken und tätschelte seinen Hals, während er fraß. „Es ist schon komisch, einmal nicht so beschäftigt zu sein, daß ich nicht weiß, ob ich komme oder gehe. Ich wünschte, Sonja wäre hier, oder Chris, oder David."

Am Morgen wünschte sich Tanja wirklich Hilfe herbei, weil sie füttern, reiten, den Stall säubern, das Pferd abwaschen und seine Beine wieder bandagieren mußte. Die frische Morgenbrise tat ihr gut, doch am Vormittag wurde es drückend. Der Schweiß lief ihr über Hals und Rücken.

„Es tut mir leid, daß ich dir nicht mehr helfen kann", entschuldigte sich Hal. „Ich wünschte auch, daß es anders wäre."

„Das weiß ich. Mach dir darum keine Sorgen. Die Arbeit tut mir ganz gut." Sie rieb sich die schmerzende Schulter. „Jetzt laß uns essen gehen, ich habe einen Bärenhunger."

Tanja hatte gerade ihr Tischgebet beendet, als sich

jemand neben sie setzte. Sie strich sich eine Haarsträhne aus dem Gesicht und schaute zur Seite.

„Hallo. Tut mir leid, daß ich dir heute morgen nicht helfen konnte." Red grinste sie unwiderstehlich an.

Tanja spürte ein Kribbeln bis in die Zehenspitzen. „Auch Hallo. Ich bin ganz gut zurechtgekommen, danke." Sie legte sich ihre Serviette auf den Schoß. „Wie war's gestern?"

„Ein Sieg, ein vierter Platz, und über das andere sprechen wir lieber nicht." Er nahm eine Gabel voll Rühreier. „Geht es deinem Vater besser?"

„Woher weißt du ..."

„Du weißt doch, ich kann lesen. Außerdem brauchte ich gestern nur einen Blick auf ihn zu werfen. Man sah es ihm an, daß es ihm schwerfiel zu atmen."

„Ja, ich ..." Tanja verrückte ihren Stuhl ein wenig, damit sie den Jungen neben sich ansehen konnte. *Ich würde dir gern erzählen, was mich quält, was mit meinem Papa geschieht. Ich brauche einen Freund hier.* „Er braucht viel Ruhe und muß sich vor dem Staub in acht nehmen."

„Das ist schwierig, das mit dem Staub, meine ich. Na ja, und das Ruhen auch."

„Er hatte nicht gedacht, daß es so schlimm sein würde, sonst wären wir wahrscheinlich nicht gekommen." Tanja sprach leise, damit ihr Vater, der sich mit seinem Tischnachbarn unterhielt, sie nicht hören konnte.

„Ich bin froh, daß du es mir erzählt hast. Mußt du immer bei ihm sein?"

„Nein, nicht immer, warum?"

„Ich könnte dir morgens helfen, und vielleicht können wir, ich meine, ich kann dir ein bißchen vom Land zeigen, wenn ich nicht reiten muß. Hast du hier auf der Rennbahn schon alles gesehen?"

„Nein. Ich – wir – äh ..."

„Soll ich dich und deinen Paps ein wenig herumführen, wenn wir fertiggegessen haben?"

„Das wäre großartig", meinte Hal, als Tanja ihn fragte. „Wir müssen zuerst zum Rennbüro und unsere Ausweise holen. Müssen Sie heute reiten?"

„Erst später. So früh brauche ich noch nicht im Jockeyraum zu sein." Red trank seine Milch in großen Zügen. Als er Tanjas fragenden Blick sah, zog er eine Augenbraue in die Höhe. „Wir müssen zwei Stunden vor unserem ersten Rennen da sein und zwischen den Rennen in den Jockeyraum zurückkehren, bis wir für den Tag fertig sind. Am Tag des großen Rennens mußt du also um 9.30 Uhr da sein."

„Aber warum?"

„Rennbahnregeln. Keine Angst, ich werde dich mit Frances Brown bekanntmachen. Sie ist für den Raum der Damen verantwortlich. Du wirst sie mögen."

Tanjas Herz sank. Sie würde nicht helfen können, Spitfire fertigzumachen. Nur gut, daß David dann schon hier war.

Die Evanstons füllten die Papiere aus und bezahlten ihre Gebühren. Tanja mußte schlucken, als sie sah, wie hoch die Startgebühr war. Jetzt waren sie offizielle Rennteilnehmer.

Red war ein erfahrener Touristenführer. Sie schlenderten langsam über das Gelände und durch den Tunnel unter der Zuschauertribüne. Sie sahen die leeren Sattelplätze und die Koppel zum Herumführen der Pferde, die von den Zuschauern eingesehen werden konnte. Sie sahen auch den Raum für die Pferdebesitzer und Trainer mit dem großen Bildschirm, auf dem sie die Rennen verfolgen konnten. Dann fuhren sie mit dem Aufzug in die Jockeyräume.

„Warte hier", sagte Red am Eingang zu Tanja. „Ich werde Frances holen."

Einige Augenblicke später stellte sich ihnen eine attraktive Frau vor. Ihre glatten, weißen Haare waren im Nacken zu einem Knoten zusammengefaßt. „Ich bin Frances Brown, sozusagen die Mutter der Gesellschaft hier. Herr Evanston …"

„Hal."

Ihr Lächeln war warm und herzlich. „Hal, Sie gehen durch diese Türen. Red wird Sie herumführen. Wir treffen uns dann in der Cafeteria. Tanja, die Waagen sind auch hinter diesen Doppeltüren. Du mußt Bescheid geben, wenn du hineingehst, dann sind alle diskret."

Tanja konnte ihren Augen kaum trauen, als Frances sie herumführte. Der Jockeyraum in Portland war nicht halb so schön wie dieser hier. Schränke, Duschen, ein Zimmer, in dem Betten standen für den Fall, daß jemand müde war, ein Whirlpool, eine Sauna; dann gingen sie durch eine kleine Halle zum Erfrischungsraum mit einer Snackbar für Männer und Frauen. Einige Männer spielten bereits Billard, ein Fernseher lief in einer anderen Ecke. Der Rennbahnmonitor zeigte Videos von früheren Rennen.

Hal und Tanja schauten sich an und schüttelten den Kopf. In Kentucky war alles wirklich ganz anders.

„Bei Gelegenheit werde ich dich den anderen weiblichen Jockeys hier vorstellen", bot Frances an. „Das wird eine große Sache hier."

„Das wäre nett", erwiderte Tanja.

„Hast du ihnen das Museum schon gezeigt?" wandte sich Frances an Red.

„Noch nicht, das kommt als nächstes dran", erwiderte Red. „Wir sehen uns draußen, Tanja."

„Vielen Dank, Frances", sagte Tanja, als sie um die Ecke zum Raum der weiblichen Jockeys gingen. „Wir sehen uns dann nächste Woche."

„Wenn du Fragen hast, dann komm ruhig und stell sie mir", sagte Frances. „Ich bin immer hier."

Das Museum lag direkt vor dem Haupteingang. Tanja war sofort klar, daß es Stunden dauern würde, bis sie durch waren. Viel lieber hätte sie in dem Souvenirladen nebenan gestöbert.

„Wartet nur ab, was hier am Donnerstag morgen los ist, wenn die Startpositionen gezogen werden." Red winkte zu einem zweistöckigen, ovalen Raum hinauf, von dem noch andere Flügel abgingen. „Das ist das beste Museum für Vollblutpferderennen, das es gibt. Ihr solltet es euch wirklich ansehen, wenn ihr könnt. Dort gibt es auch eine Bibliothek, und man kann sich Videos von allen Rennen ansehen, die hier aufgezeichnet worden sind."

Tanja stand in der Mitte des Raums und drehte sich langsam herum. Bilder, Statuen, Listen von allen Derby-Gewinnern, alles über den Rennsport und seine Welt, die sie so liebte. Sie fühlte sich wie inmitten einer großen Pracht.

„Wow!" Sie schloß die Augen und stellte sich Spitfires Namen auf der Liste der Derby-Gewinner vor. Als sie sie wieder öffnete, bemerkte sie, daß Eric sie beobachtete. Sie streckte sich.

„Dieses Hufeisen wird nur beim großen Derby benutzt", erklärte Red, als sie aus dem Tunnel unter der Zuschauertribüne kamen. Er zeigte ihnen einen anderen Platz zu ihrer Linken, der auch von Blumen gesäumt, aber nicht so großartig zurechtgemacht war. „Die übrige Zeit ist das hier der Platz für die Gewinner. Diese Logen da oben sind für die Besitzer; wir schauen auch von dort oben zu, wenn wir gerade nicht reiten."

„Hallo, Red", rief ein Jockey. „Wenn du im ersten Rennen dran bist, dann kommst du jetzt besser."

„Bis später." Red lächelte Tanja und ihren Vater an.

„Mit eurem Ausweis kommt ihr überall rein." Er ging rückwärts, während er sprach. „Viel Spaß bei den Rennen."

„Netter Junge", sagte Hal, als sie am Zaun entlang zur Rückseite der Rennbahn gingen.

„Ja."

Auch wenn er etwas bestimmend ist, kicherte ihre innere Stimme.

Am Sonntagmorgen, als sie ankamen, waren zwei Ballen Stroh neben Stall fünf gestapelt. Eric hatte den Stall schon halb ausgemistet, als Tanja von ihrem Rundgang mit Spitfire zurückkehrte.

„Ich muß los." Er schnappte sich seinen Helm.

An diesem Nachmittag fühlte Hal sich viel besser. Er und Tanja fuhren nach Lexington, um sich die berühmte ‚blaue Graslandschaft' von Kentucky zu besehen.

„Die Leute hier mähen bestimmt gerne." Tanja verrenkte sich den Hals, um beide Seiten der Straße gleichzeitig zu sehen. „Sieh nur, selbst die Weiden sehen aus wie Zierrasen."

„Besser als in unserem Garten", stimmte Hal ihr zu.

„Und die Zäune. Ich dachte, sie wären alle weiß, aber manche sind schwarz. Und sieh dir nur diese Ställe an."

„Einige Ställe sind sogar noch schöner als unser Haus." Hal zeigte auf ein besonders imposantes Gebäude auf einem kleinen Hügel.

Tanja drehte die Scheibe herunter. „Es riecht hier auch so gut. Ich habe nie geglaubt, wenn erzählt wurde, das Gras sei blau. Aber es stimmt wirklich." Sie zeigte auf eine Wiese, die noch nicht abgemäht war. Der Wind fuhr durch das Gras und ließ es wie blaugrüne Wellen auf- und niederwallen.

Hal bog von der Hauptstraße ab und fuhr etwas langsamer. An einer Weide, wo Stuten mit ihren Fohlen grasten, blieb er stehen. „Sind sie nicht herrlich?" Eines der

Fohlen fing an herumzutollen, und bald schon galoppierten drei über die Wiese. „Sie trainieren schon fürs Rennen."

„So viele auf einmal." Tanja stützte sich auf dem Fenster ab. „Ich habe noch nie so viele Fohlen auf einmal gesehen."

„Und sieh mal, da hinten, die Babyweide. So viele Jährlinge." Hal fuhr bis zur nächsten Weide.

„Scheint mir seltsam, sie Babys zu nennen."

„Ich weiß." Hal warf einen Blick auf die Uhr. „Wir fahren jetzt besser zurück. Vielleicht können wir morgen oder am Dienstag zurückkommen, um uns den Pferdepark anzusehen."

„Mama und David wollen das bestimmt auch sehen."

„Wenn sie rechtzeitig kommen."

Wieder auf der Rennbahn, ging Tanja ihrer allabendlichen Arbeit nach. Sie versorgte Spitfire und machte den Stall sauber. Red war noch nicht wieder aufgetaucht. Tanja wollte sich nicht eingestehen, daß sie darüber enttäuscht war. Immerhin hatte er nicht gesagt, *wann* sie sich wiedersehen würden. Sie beschloß, Sonja anzurufen, wenn sie ins Hotel zurückkamen und ihr von der Jacuzzi-Wanne zu erzählen. Müde ließ sie sich in den Sitz fallen. So gern sie auch mit ihrem Vater zusammen war, sie vermißte doch den Rest der „Musketiere".

„Du machst jetzt besser Schluß", sagte Hal etwas später am Abend. „Ein Dreißig-Minuten-Ferngespräch reicht vollkommen."

„Ist gut", seufzte Tanja. „Papa sagt, ich soll Schluß machen. Nein, ich werde Eric nicht fotografieren. Sonja, hör auf damit. Er ist nur einfach nett. Erzähl Chris, was passiert ist. Tschüß."

Sie ließ sich gegen die Kissen fallen. Der Zeitunterschied betrug drei Stunden. Im Augenblick erschien ihr

Washington entsetzlich weit entfernt. Sie ging ins Badezimmer und drehte das Wasser auf. Ein heißes Schaumbad war jetzt genau das Richtige, und während die Wanne vollief, konnte sie mit ihrer Mutter und David sprechen. Ihr Vater hatte schon die Nummer von zu Hause gewählt.

Traurigkeit beschlich Tanja, nachdem sie eingehängt hatte.

Mama hatte immer noch nicht mit Bestimmtheit gesagt, daß sie kommen würde.

Kapitel 12

In der Montagsausgabe der Zeitung stand ein Artikel über Tanja und Spitfire.

„Können diese Leute denn nicht bei der Wahrheit bleiben?" Tanja faltete die Zeitung zusammen und reichte sie ihrem Vater. Sie saßen in ihrer Sattelkammer und wollten gerade zum Frühstück in die Kantine gehen.

„Was gefällt dir daran nicht?"

„Ich weiß es nicht genau, vermutlich nur so ein Gefühl. Anscheinend sind sie der Meinung, ich würde nur Spitfire reiten, und daß alle anderen Pferde, die ich reite, mehr Zufallstreffer sind. Aber du weißt doch, daß ich auf der Meadows-Rennbahn recht gut bin."

„Du und ich, wir wissen, daß du eine außergewöhnlich gute Reiterin bist, doch die anderen werden es erst glauben, wenn du andere Pferde in anderen Rennen geritten bist. So ist das nun mal." Hal zuckte mit den Schultern. „Laß uns jetzt frühstücken gehen."

Sonst trafen sie in der Kantine immer auf Red; diesmal war er nicht da.

Tanja ertappte sich dabei, daß sie nach ihm Ausschau hielt. Am Morgen hatten zwei Strohballen neben dem Stall gelegen. Er war also auf der Rennbahn.

Aha, du vermißt ihn schon, ja? neckte sie ihre innere Stimme. *Ich dachte, er sei dir zu bestimmend.*

Tanja wischte sich mit der Serviette über den Mund.

Red war nur ein Freund, mehr nicht. *Und ich brauche hier einen Freund. Alle anderen sind so weit weg.* Sie nahm das Tablett ihres Vaters und brachte es zurück.

„Wollen wir heute zum Pferdepark fahren?" fragte Hal, als sie zum Tor hinausfuhren.

Tanja schaute zum Himmel. Dunkle Wolken bedeckten den Himmel im Westen. Ein frischer Wind wirbelte Papier in die Luft und peitschte die Zweige der großen Eichen.

„Ich weiß nicht. Das Wetter sieht nicht besonders gut aus."

Als sie auf die Hauptstraße einbogen, zuckten Blitze am Himmel. Wenig später krachte ein Donner, der das Motorengeräusch des Wagens noch übertönte.

„Papa, laß uns umkehren. Du weißt ja, daß Spitfire keine lauten Geräusche mag."

„Und er hat noch nie ein richtiges Gewitter erlebt, wie es hier im Mittelwesten häufig vorkommt."

„Ich auch nicht."

Riesige Regentropfen prasselten auf ihren Wagen, als sie zur Rennbahn zurückkehrten. Ein greller Blitz erhellte gerade den Himmel. Tanja stürmte aus dem Wagen und lief auf den Stall zu. Sie hörte Spitfire wiehern, während der Donner über sie hinwegrollte.

Tanja hakte das Netz aus und schlüpfte in den Stall, als Spitfire gerade hochstieg und wild mit den Hufen schlug. Sie spürte den Luftzug auf ihrer Wange.

„Ruhig jetzt, komm, Spitfire. Wir sind ja da." Sie faßte ihn am Halfter und sprach die ganze Zeit beruhigend auf ihn ein.

Er rollte mit den Augen, daß das Weiße zu sehen war, seine Nüstern zuckten. Spitfire zitterte am ganzen Körper. Der Regen trommelte auf das Stalldach und übertönte ihre Stimme. Nur das Pferd konnte sie hören.

„Hier, Tanja." Hal reichte ihr eine Führkette. „Zieh ihm die Kette durchs Maul – für alle Fälle."

Tanja tat, was er gesagt hatte und war gerade fertig, als ein Blitz den Stall wieder in ein blauweißes Licht tauchte. Spitfire warf den Kopf hin und her, doch Tanja legte eine Hand über seine Nase und packte ihn fest am Seil. Sie duckte sich ein wenig und wartete darauf, daß er wieder hochstieg.

Das Krachen schien direkt über ihnen zu sein. Spitfire hob leicht die Vorderhufe vom Boden, doch Tanja gab nicht nach. „Ruhig, mein Junge. Niemand will dir was tun." Er zitterte, als sie seine Ohren und seinen Hals kraulte. Der Schweiß ließ sein Fell noch dunkler erscheinen.

„Das Gewitter zieht westwärts, es kann also nicht mehr lange dauern." Hal stand auf der anderen Seite des Hengstes und tat auch sein Bestes, ihn zu beruhigen.

„Ich hoffe. Weißt du genau, daß dieses Gebäude sicher ist?"

„Der Blitz schlägt nur an hohen Stellen ein. Die drei Kuppeln auf dem Dach der Zuschauertribüne würden ihn abfangen."

Tanja schnüffelte. „Was ist das denn für ein seltsamer Geruch?"

„Das kommt von den Blitzen. Der letzte war genau über uns."

Spitfire schnaubte, als sei auch er erleichtert. Der nächste Donner war weit genug entfernt; er zuckte nur noch zusammen, blieb aber ruhig. Auch der Regen ließ nach.

Tanja atmete tief durch. Sie war nicht sicher, ob ihre Hand von der Aufregung zitterte, oder ob es bloß war, weil sie das Halfter des Hengstes so fest gehalten hatte. Sie bewegte ihre Finger.

Spitfire legte seinen Kopf auf ihre Schulter, und nur gelegentlich lief noch ein Zittern über seinen Körper.

Hal reichte Tanja ein Handtuch und fing auf der anderen Seite an zu reiben. „Wir wollen ihn trockenreiben."

„Ist bei euch alles in Ordnung?" fragte ein Rennbahnangestellter.

„Jetzt schon." Hal hörte auf zu striegeln und stand an der Tür.

„Ihr Pferd war nicht das einzige, das sich so erschreckt hat."

„Ja, bei uns gibt es selten ein Gewitter, und schon gar nicht so eins."

„Wenn Sie etwas brauchen, lassen Sie es uns wissen." Der Mann ging weiter.

Jetzt, wo Spitfire sich beruhigt hatte, bemerkte Tanja, daß sie von ihrem Spurt durch den Regen klatschnaß war. Auch ihr Vater war vollkommen durchnäßt und zitterte vor Kälte.

„Laß uns besser zum Hotel zurückfahren und uns trockene Sachen anziehen." Sie hatte Spitfire fertig gestriegelt und ein letztes Mal gestreichelt. „Komm, Papa." Auch sie zitterte vor Kälte, als sie den Stall verließen. „Mach die Heizung an." Sobald sie ins Auto kam, drehte sie an den Knöpfen.

Trotz der warmen Luft, die die Heizung ins Auto blies, hörte Hal nicht auf zu zittern. Tanja biß sich auf die Unterlippe, als sie hörte, wie sehr ihr Vater mit den Zähnen klapperte. „Soll ich fahren?" fragte sie.

„Nein. Sobald wir im Hotel sind, gehe ich unter die heiße Dusche, und du kannst Kaffee kochen. Etwas Heißes von innen und außen sollte wohl helfen."

Als sie in ihr Zimmer kamen, drehte Tanja sofort die Dusche an, damit es im Badezimmer schön warm wurde. Sie stellte die Kaffeemaschine an und brachte ihrem

Vater eine Tasse, als der Kaffee durchgelaufen war. Er stand immer noch unter der Dusche.

„Dein Kaffee steht hier auf der Spiegelablage."

„Danke, Tanny."

Tanja bemerkte, daß das Licht am Telefon blinkte; es war also eine Nachricht für sie hinterlassen worden. Sie wählte die Nummer der Rezeption. Man sagte ihr, ein Päckchen sei für sie angekommen. Als sie ins Zimmer zurückkam, war es still im Badezimmer.

„Papa?"

„Ich bin im Bett. Würdest du mir noch eine Tasse Kaffee bringen?"

Tanja goß die Tasse noch einmal voll und brachte sie ihm. „Meine Bücher sind angekommen." Sie ließ das Päckchen auf sein Bett fallen. „Ich denke, ich werde ein bißchen lernen. Willst du schlafen?"

„Hmm. Du kannst dir nicht vorstellen, wie kalt mir ist. Ich habe vergessen, daß mein inneres Thermometer dank der Chemotherapie nicht mehr so funktioniert wie es sollte."

„Möchtest du etwas essen?"

„Nein, danke schön." Er gab ihr seine Tasse. „Oh, vielleicht gibst du mir besser die Antibiotika-Tabletten in der braunen Flasche. Ich gehe lieber auf Nummer sicher."

Tanja schrieb einen Aufsatz für Englisch, las zwei Kapitel in ihrem Geschichtsbuch und hielt dann einen Mittagsschlaf. Als sie aufstand, schlief ihr Vater immer noch. Sie hinterließ ihm eine Nachricht und fuhr zur Rennbahn, um Spitfire zu füttern.

„Wo ist dein Vater?" fragte der Mann am Tor. „Ist alles in Ordnung?"

„Es geht ihm nicht besonders gut", antwortete Tanja.

Spitfire freute sich, sie zu sehen, doch sie fühlte sich ohne ihren Vater sehr einsam.

Er hustete, als sie die Zimmertür öffnete. *Oh, Gott, was soll ich jetzt tun?* Tanja dachte daran, ihre Mutter anzurufen, aber was würde das bringen? Ihr Vater würde ihr sicher sagen, sie solle Geduld haben; am Morgen würde er sich schon wieder besser fühlen.

Aber das war nicht der Fall.

Tanja hatte ihren Wecker auf sechs Uhr gestellt. Sie ging zu ihm hinüber, um nach ihm zu sehen. Er hatte tatsächlich Fieber.

„Sollen wir nicht einen Arzt holen?" Tanja verschränkte ihre Arme.

„Nein. Wir wollen dem Antibiotikum Zeit geben zu wirken. Aber ich bleibe heute besser im Bett. Tanja, ich kann dir nicht sagen, wie leid mir das tut." Das alte, häßliche Kratzen lag wieder in seiner Stimme.

„Kein Problem. Ich werde mir jemanden suchen, der mir mit dem Stall helfen kann. Wir können den Zimmerservice für dich bestellen."

„Mir ist nicht nach Essen zumute. Vielleicht einen Orangensaft und etwas Toast, wenn du zurückkommst." Er fuhr sich mit der Hand über die Augen. „Bist du sicher, daß du allein zurechtkommst?"

„Aber Papa. Es ist doch nicht so, als hätte ich das noch nie gemacht." Sie stellte ihm zwei Gläser mit Wasser auf den Nachttisch. „Trink das. Ich bin zurück, so schnell ich kann."

Tanja haßte es, um Hilfe bitten zu müssen. Fieberhaft überlegte sie, wie sie zur gleichen Zeit das Pferd versorgen und den Stall ausmisten könnte. Sie winkte der Torwache zu und parkte den Wagen. Spitfire begrüßte sie mit seinem üblichen Wiehern. Sie schüttete sein Futter in den Eimer und lehnte sich gegen seinen Rücken, während er fraß.

„Wie geht's deinem Vater?" fragte eine bekannte Stimme von der Tür her.

Tanja drehte sich um. Ihr Herz hüpfte vor Freude. „Hallo, Red. Es geht ihm – woher weißt du überhaupt, daß etwas nicht stimmt?"

„Die Torwache erzählte, daß dein Vater gestern abend nicht hier war, und auch heute morgen nicht. Ich wußte, daß er dich nicht allein lassen würde, wenn nicht irgend etwas nicht in Ordnung wäre."

Tanja schluckte den Klumpen, der in ihrem Hals saß, hinunter. „Er ist gestern bei dem Gewitter naß geworden – hat gefroren wer weiß wie – und jetzt hat er Fieber."

„Liegt er im Bett?"

Tanja nickte.

Red dachte nach. „Ich bin gleich zurück", sagte er und verließ den Stall.

Tanja holte ihren Sattel und ihr Zaumzeug in die Box. Spitfire sollte heute morgen galoppieren. Im Augenblick brauchte sie sich nur darum zu kümmern.

Sie hatte ihr Pferd gerade fertig gesattelt, als Red wieder auftauchte – in Begleitung.

„Das hier sind Romero und Juan."

Tanja lächelte die beiden dunkelhaarigen jungen Männer an.

„Sie werden den Stall ausmisten, während du reitest. Wenn du möchtest, können sie dir auch helfen, ihn hinterher abzuwaschen. Sie können gut mit Pferden umgehen."

„Vielen Dank." Tanja nickte jedem von ihnen zu.

„Sie verstehen kein Englisch", klärte Red sie auf.

„*Gracias*." Tanja brachte das einfache Wort kaum heraus. Dabei hatte sie schon drei Jahre Spanisch in der Schule. Und Worte wie Mistgabel und Mist gehörten auch nicht zu ihrem Wortschatz. Sie holte die Utensilien, die in der großen Kiste mit dem Zaumzeug lagen.

„Ich seh' dich draußen auf der Rennbahn", sagte Red,

als er ihr in den Sattel half. „Mach dir um diese Burschen keine Sorgen, sie wissen, was zu tun ist."

„Vielen Dank." Tanja schaute in diese Augen, die so blau waren, daß man darin ertrinken konnte. Sie setzte sich ihren Helm auf und ritt mit Spitfire los. Ihr Mund war ganz trocken. Sie würde doch wohl nicht auch noch eine Krankheit ausbrüten, oder?

Als sie den frischen Wind in ihrem Gesicht spürte und Spitfire an den Zügeln zerrte, konnte sie ihre Sorgen fast vergessen. Sie ließ ihn eine halbe Runde im Schritt gehen und dann in einen langsamen Galopp fallen. Er war ganz brav an diesem Morgen und kämpfte nicht mit ihr um eine schnellere Gangart. Anscheinend spürte er, daß sie genug andere Sorgen hatte. Red saß auf einem Schimmel und ritt neben ihr her.

Später wurde ihr bewußt, wie sehr sie seine Gesellschaft genossen hatte. Es tat gut zu lachen, und ein sauberer Stall und zusätzliche Hände, die ihr halfen, den Hengst abzuwaschen und herumzuführen, waren noch besser.

„Gehst du frühstücken?" Eric tauchte auf, als Tanja gerade zum letzten Mal *muchas gracias* gesagt hatte.

„Nein, ich möchte zurück zu meinem Vater. Vielen Dank, daß du mir Hilfe besorgt hast." Tanja öffnete die Wagentür. „Bis dann."

Red lehnte sich gegen die offene Tür. „Wo wohnt ihr?"

„Im Louisville Hotel. Warum?"

„Ich rufe später mal an, um zu sehen, wie es deinem Vater geht." Er tippte mit dem Finger an seinen Helm und trottete davon.

Im Hotel machte Tanja ein Tablett mit Frühstück am Büffet zurecht und nahm es mit in ihr Zimmer. Ihr Vater schlief noch. In der Nacht hatte sie ihn mehrmals husten und herumgehen hören.

„Papa?" Sie räumte die Sachen weg und stellte das Tablett auf den Nachttisch. „Ich habe dir Frühstück gebracht."

„Wie geht es Spitfire?" Hal drehte sich auf den Rükken und schaute sie an. Er räusperte sich.

Tanja stopfte mehrere Kissen in seinen Rücken und gab ihm ein Glas Orangensaft. „Ihm geht es gut, mir geht es gut, und du siehst besser aus." Sie nahm die Plastikhaube vom Teller und stellte das Tablett vor ihn auf die Decke. „Ich werde Kaffee machen."

Sie summte leise vor sich hin, während sie die Kaffeemaschine anstellte. Erstaunlich, wie fröhlich es sie machte, daß es ihrem Vater wieder besser ging.

„Wie bist du zurechtgekommen?"

„Prima. Red hat mir zwei Helfer besorgt. Sie haben den Stall ausgemistet, während ich mit Spitfire gearbeitet habe. Dann haben sie ihn noch festgehalten, so daß ich ihn abwaschen konnte. Ich habe versucht, mich mit ihnen zu unterhalten, aber mein Spanisch ist so schlecht. Sie haben mich bestimmt für einen Dummkopf gehalten."

Hal lächelte beim Kauen seiner Rühreier. „Ich bin so stolz auf dich, ich kann dir gar nicht sagen, wie. Vielen Dank fürs Frühstück. Heute morgen schmeckt es hervorragend – endlich."

Tanja brachte ihm einen Becher Kaffee. „Wenn das Tagesprogramm läuft, werde ich zurückfahren und weiter mit Spitfire arbeiten. Ich sehe keine Notwendigkeit, das Programm, das du erstellt hast, zu ändern."

„Hast du mit deiner Mutter gesprochen?"

„Seit Montag nicht mehr." Tanja kuschelte sich in einen Stuhl und trank ihren Orangensaft. „Ich werde heute abend anrufen. Dir scheint es besser zu gehen, wir brauchen also nicht zu lügen."

„Heute werde ich es langsam angehen lassen, aber

morgen, denke ich, werde ich dir wieder helfen können, Tanny. Ich habe nachgedacht. Vielleicht sollten wir für zu Hause Patrick O'Hern engagieren, diesen ehemaligen Trainer, den ich dir neulich vorgestellt habe. Das würde dir die Sache sehr erleichtern."

„Laß uns doch abwarten und sehen, wie sich alles entwickelt. Meine beiden Helfer machen sich gut." Tanja kaute an einem Toast. „Ich will nicht das Thema wechseln, aber Equinox steht in der Box direkt neben uns. Er ist ein bißchen nervös."

„Patrick könnte auf Dauer zu uns kommen. Wir sind sowieso schon zu lange unterbesetzt."

Tanja schaute ihren Vater an. Er meinte es wirklich ernst. „Bis jetzt sind wir doch auch klargekommen."

„Ich weiß." Hal gab ihr das Tablett zurück. „Ich kann nicht mehr. Ich werde mich eine Weile ausruhen und dann duschen. Du glaubst gar nicht, wie erschöpft ich schon wieder bin."

„Du warst krank, hattest Fieber, was erwartest du also?"

„Jawohl, Dr. Evanston." Dabei lächelte er. „Wie kommst du mit deinen Hausarbeiten voran?"

„Ich wollte gerade weitermachen." Sie nahm das Tablett und stellte es vor die Tür. Dann setzte sie sich mit ihren Büchern auf das Sofa im Wohnzimmer und machte sich an ihre Hausaufgaben. Auf diese Weise konnte sie sich wenigstens von der Vorstellung ablenken, daß ein Fremder auf ihren Hof kommen sollte.

Als das Telefon läutete, schrak sie zusammen. Was sollte sie ihrer Mutter sagen? Sie nahm den Hörer ab, bevor es noch einmal läutete. Bei dem Klang von Reds Stimme seufzte sie erleichtert auf.

„Papa schläft jetzt wieder, fühlt sich aber etwas besser. Ich habe ihn dazu gebracht, daß er wenigstens ein bißchen gegessen hat."

„Kann ich irgend etwas für dich tun?"

Die Fürsorge tat Tanja gut. Es war schön, daß jemand sich um einen kümmerte. „Nein, vielen Dank. Ich komme gleich zum Training rüber. Viel Glück mit deinen Pferden heute."

Sie hängte ein und starrte auf das gerahmte Bild des berühmten Pferdes Secretariat an der Wand. Es schien sie mit freundlichem Blick anzuschauen.

„Möchtest du etwas zum Mittagessen, bevor ich zurückfahre?" fragte sie einige Stunden später. Außer ihren Hausaufgaben hatte sie Karten an Sonja, Chris, ihre Mutter und David geschrieben.

Hal hatte geduscht und schlief schon fast wieder. „Nein, vielen Dank."

„Soll ich den Zimmerservice anrufen und dir etwas bestellen, das dann in einer Stunde gebracht wird?"

„Gut. Aber vielleicht solltest du das Training verschieben."

„Wir kommen schon zurecht. Ach, Spitfire braucht neue Hufeisen, oder die alten müssen neu befestigt werden. Eines ist schon ganz locker."

„Wir wär's mit Freitag?"

„Sicher." Tanja wählte die Nummer vom Zimmerservice und bestellte Suppe und Saft für ihren Vater.

Auf der Rennbahn fand gerade das zweite Rennen statt. Sie und Spitfire taten eine Weile überhaupt nichts. Tanja saß im Schneidersitz in einer Ecke seiner Box, streichelte seine Nase und kraulte ihn hinter den Ohren. Er knabberte an ihren Fingern und blies ihr ins Gesicht. Aus dem Stall hinter ihnen ertönte ein Wiehern.

„Hört sich an, als sei noch jemand angekommen." Spitfire hob seinen Kopf und wieherte auch. „Sicher, erzähl ihm nur, wie gut du bist." Sie kitzelte die Tasthaare an seiner Oberlippe.

Das Training verlief wie ein gut einstudiertes Bühnenstück. Spitfire blieb genau in seiner Linie, als sie den Pferden folgten, die zum Sattelplatz für das vierte Rennen gebracht wurden. Sie stellte ihn für eine Weile in den Sattelstall, ging dann mit ihm um den Platz herum und zeigte ihm das Emblem der „Dreifachen Krone" auf der weißen Wand und die bunten Blumen. Spitfire schien jedes Wort zu verstehen.

„Sieh dir nur den Rappen an", meinte jemand aus der Zuschauermenge.

„In welchem Rennen läuft er?"

Tanja hätte es ihnen gern erzählt, führte Spitfire aber weiter herum.

Red winkte ihr zu, bevor sein Trainer ihm in den Sattel half. „Wie geht's?"

„Gut. Viel Glück." Spitfire spielte mit der Führkette, als die Pferde samt ihren Reitern den Sattelplatz verließen. Draußen vor dem Tunnel hatten sie die Führpferde aufgestellt. Ein neuer Aufgalopp hatte begonnen. Die Menge strömte zu ihren Plätzen zurück.

*

„Hallo, Mama." Tanja nahm den Hörer beim ersten Läuten ab. Hal hatte zu Abend gegessen und war wieder eingeschlafen. Tanja und ihre Mutter erzählten sich, was zu Hause und auf der Rennbahn passiert war. Dann gab sie das Gespräch an Hal weiter. Er sprach vom anderen Apparat in seinem Schlafzimmer. „Bis bald, Mama. Nächste Woche, ja? Hier ist Papa." Sie hängte ein, bevor ihre Mutter noch zögern oder ablehnen konnte.

„Deine Großeltern kommen zum Rennen", erzählte ihr Vater, als sie ihm einen Gutenachtkuß gab. „Sie werden nächsten Freitag hier eintreffen."

„Toll. Und Mama?"

Hal zuckte nur mit den Schultern.

In dieser Nacht hatte Tanja wieder einen Alptraum. Dieses Mal war es eine Wiederholung der Szene, als ihre Familie den Unfall auf der Rennbahn neu durchlebte. Im Traum schrie ihre Mutter – sie hörte gar nicht wieder auf. Tanja leckte sich die trockenen Lippen und zwang sich, die Augen zu öffnen. Ein neues Rennen stand bevor – ein großes. War sie bereit dazu? Wie konnte sie das Zittern unterdrücken, das sie befiel, wenn sie nur daran dachte?

Sie scheute sich, ihre Augen wieder zu schließen.

Erinnerst du dich nicht an die Sache mit Jesus? Diesmal half ihr ihre innere Stimme weiter. Welch eine willkommene Veränderung.

Tanja schloß die Augen und konzentrierte sich darauf, an Jesus zu denken. Da saß er und lächelte sie an. Sie konnte nicht anders, als zurückzulächeln. Und schlief sofort ein.

*

Als sie am nächsten Nachmittag mit Spitfire von ihrem Trainingsgalopp zurückkam, rief ihr eine Stimme zu: „Hey, Tanja, du hast Besuch!“

Kapitel 13

„Mama, du bist gekommen!“ Tanja flog den Gang entlang und warf sich in die Arme ihrer Mutter. „Und David.“ Sie erdrückte ihn fast mit ihrer Umarmung. „Ihr seid wirklich gekommen!“

„Warum hast du mir nicht erzählt, daß dein Vater krank ist?“ flüsterte Margret ihrer Tochter ins Ohr, als sie Tanja erneut umarmte.

„Ich durfte nicht.“

Margret seufzte. „Das habe ich mir schon gedacht. Wie schlimm ist es?“

„Besser.“ Tanja wandte sich an ihren Bruder. „Das ist eine Rennbahn, was? Warte nur, bis du den Rest siehst. Ich führe dich herum, wenn ich diesen Burschen hier gefüttert habe.“

Spitfire wieherte, als er David sah. „Na, mein Junge? Erinnerst du dich noch an mich, ja?“ Spitfire gab Davids Baseballmütze einen Schubs, so daß sie in den Dreck flog. David hob sie auf und klopfte sie ab. „Natürlich. Geht er mit jedem so um, oder hebt er sich seine Bosheiten nur für mich auf?“

Tanja lachte über Spitfires verschlagenen Gesichtsausdruck. „Er mag dich nur, das ist alles.“ Sie zeigte David, wo sie ihre Sachen aufbewahrten, und maß das Futter für Spitfire ab.

„Hallo, Tanja. Brauchst du Hilfe?“ Red steckte seinen Kopf zur Tür herein.

„Nein, vielen Dank. Darf ich dir meine Familie vorstellen? Sie sind gerade angekommen. Mama, David, das ist Eric Holleran, genannt Red. Er ist Jockey."

„Sehr erfreut, Sie alle kennenzulernen." Red gab jedem die Hand.

„Wie geht's bei dir?" fragte Tanja.

„Ein Sieg, ein Platz und ein vierter. Mein Konto singt vor Freude. Brauchst du die Jungs morgen noch?"

„Nein, David muß etwas für seine Muskeln tun. Und ich bin froh, daß es bei dir so gut gelaufen ist."

„Ich muß los. War nett, Sie alle kennenzulernen." Er zögerte. „Soll ich dir eine Cola oder etwas anderes bringen?"

„Danke, aber wir fahren zum Hotel, sobald wir hier fertig sind. Papa weiß noch nicht, daß sie da sind."

„Gut. Bis dann."

David schaute Red nach und dann zu Tanja hin. „Geht hier etwas vor sich, das ich wissen sollte?"

Tanja spürte, wie sie rot wurde. „David!"

Margret lehnte sich gegen die Stallwand und lächelte ihre Tochter an. „Das scheint ein sehr netter junger Mann zu sein."

David schnaubte. Er schmiß das Futter in Spitfires Box. „Wir wollen jetzt zu Papa fahren."

„Ihr wartet hier draußen", sagte Tanja, während sie in ihren Taschen nach dem Zimmerschlüssel suchte. „Wir wollen Papa überraschen." Sie öffnete die Tür zu dem dunklen Zimmer. „Papa?" Sie knipste das Licht an.

„Ich bin hier." Hals Stimme klang, als sei er eben erst aufgewacht.

„Hier ist jemand, der dich sprechen möchte."

„Gut, einen Moment."

Tanja preßte die Hand auf ihren Mund, um ihr Kichern zu unterdrücken. Sie schaute David an und sah, daß es ihm genauso ging. Auch Margret biß sich auf die Lippe.

Hal trug seinen Morgenrock und Jeans. Er strich sich mit den Händen übers Haar, als er um die Ecke kam. Die Heimlichtuerei hatte sich gelohnt. Außer sich vor Freude umarmte er zuerst Margret, und sie fest im Arm haltend, legte er seinen anderen Arm um die Schultern seines Sohnes und drückte ihn an sich.

Tanja las in seinem Gesicht dasselbe, was auch sie dachte, nämlich „Gott sei Dank". Ihre Mutter war gekommen, trotz ihrer Angst. Sie waren wieder zusammen, genau so, wie es sein sollte. Tanja spürte, wie eine Last von ihren Schultern genommen wurde, von der sie gar nicht geglaubt hatte, daß sie so schwer gewesen war.

Sie bestellten Abendessen beim Zimmerservice, und während der nächsten Stunden saßen sie zusammen und erzählten.

„Gute Nachrichten", sagte Margret. „Großpapa und Großmama kommen ganz sicher. Sie sagten, sie würden das Rennen auf keinen Fall versäumen wollen. Ihre Ankunft ist für Freitag geplant."

„Bleiben sie lange genug, daß sie sich mit uns noch ein wenig die Gegend anschauen können?" fragte Tanja.

Margret zuckte mit den Schultern. „Keine Ahnung. Du weißt ja, wie eilig sie es immer haben, zu ihrer ehrenamtlichen Arbeit zurückzukommen. Manchmal habe ich den Eindruck, sie sind jetzt mehr beschäftigt als zu der Zeit, wo sie noch richtig gearbeitet haben."

An diesem Abend schlief Tanja mit einem Lächeln auf ihrem Gesicht ein. Ihre Familie war wieder zusammen.

„Hier ist es ganz anders, als ich es mir vorgestellt habe", meinte David, als er und Tanja am nächsten Morgen zur Rennbahn fuhren.

„Ich weiß. Die blaue Graslandschaft liegt in der Nähe von Lexington. Aber warte nur, bis du den Ohio-Fluß siehst. Er ist riesig. Sonst haben wir uns noch nichts angesehen, weil Papa krank geworden ist. Vielleicht können wir ja an diesem Wochenende etwas unternehmen." Sie parkte neben ihrem Stall. „Wir müssen dir noch einen Ausweis besorgen."

Wenn nicht die Umgebung so ganz anders gewesen wäre, hätte Tanja sich richtig zu Hause gefühlt. Sie und David arbeiteten seit der Krankheit ihres Vaters als Team zusammen. Jetzt, da ihr Bruder wieder da war, wurde ihr bewußt, wie sehr sie ihn vermißt hatte.

„Langsamer Galopp jetzt", erinnerte David sie, als er ihr aufs Pferd half. Spitfire stand bewegungslos. „Geht es ihm gut?" David deutete auf das Pferd.

„Sicher, warum?"

„Nun, er – er ist ruhiger. Nicht so ein Clown wie sonst."

Tanja beugte sich vor und ordnete Spitfires Mähne an einer Seite. „Ich weiß auch nicht. Anscheinend erkennt er, wie ernst die Sache ist. Aber du hast bei dem Gewitter wirklich etwas versäumt. Es war genau wie auf dem Flughafen. Er haßt einfach laute Geräusche."

Die ganze Nacht hindurch hatte es geregnet, und die Morgenluft war frisch und sanft wie die Blütenblätter einer Rose. Tanja ließ Spitfire im Schritt einmal um die ganze Bahn laufen. Sie hielten sich dicht am Außenzaun. Die aufgehende Morgensonne spiegelte sich in den drei Kuppeln auf dem Dach der Zuschauertribüne.

Bei der zweiten Runde fielen sie in einen langsamen Galopp. Spitfire war äußerst konzentriert, paßte sich der neuen Gangart an. Mit seinen aufgestellten Ohren nahm er jedes Geräusch wahr. Er war sich der Pferde bewußt, die um ihn herum arbeiteten, ließ sich aber von ihnen nicht beirren. Tanja entspannte sich. Es gab keinen Ort auf der Welt, wo sie lieber war.

Red grüßte sie mit seiner Peitsche, als er vorbeigaloppierte.

Tanja zeigte David die Sehenswürdigkeiten auf der Rückseite der Rennbahn, als sie zur Kantine hinübergingen. Auf dem Rückweg holten sie seinen Ausweis im Büro ab.

Um zehn Uhr kam der Schmied mit seinem Werkzeug, um den Hengst neu zu beschlagen. Spitfire verhielt sich wie ein vollkommener Gentleman. Er rieb nur seinen Kopf an Tanjas Schulter, die ihn festhielt.

Nach der Morgenarbeit am Samstag rief Hal Tanja und David zu sich. „Ich denke, es ist an der Zeit, daß wir jemanden zu Hilfe nehmen“, sagte er. „Ich möchte nicht, daß ihr denkt, es sei, weil ihr nicht gut genug gearbeitet hättet. Das ist ganz und gar nicht der Fall.“ Er strich eine Haarsträhne zurück, die Tanja ins Gesicht gefallen war. „Ich denke nur, daß es so für uns alle leichter wird, und dank Spitfires Sieg beim Santa-Anita-Derby können wir es uns auch leisten.“

„Hast du jemanden im Auge?“ fragte David.

Hal nickte. „Er heißt Patrick O'Hern. Tanja hat ihn Anfang der Woche schon kennengelernt. Er hatte einen ausgezeichneten Ruf, bis ...“

„Bis ...?“ unterbrach David die lange Pause.

„Nun, er – äh -“

Die Alarmglocken in Tanjas Kopf schrillten los. Ihr Vater war wieder einmal dabei, Nächstenliebe zu üben. Was war wohl mit Patrick los?

„Als seine Frau starb und sein Leben aus der Bahn geriet, wurde er zum Alkoholiker.“ Hal sprudelte die Worte hervor, als könne er sie nicht schnell genug loswerden. „Doch mit Gottes Hilfe hat sich sein ganzes Leben verändert. Für mich ist es ein Vorrecht, mit ihm zu arbeiten. Der Mann weiß mehr über Pferde und Pferderennen als -“

„Schon gut, Papa." David nickte und zuckte gleichzeitig mit den Achseln. „Wir vertrauen dir. Wenn du der Meinung bist, Patrick sei der Mann, den wir brauchen, finden wir das in Ordnung. Nicht wahr, Tanja?"

Tanja nickte. „Sicher. Ich mag ihn." Doch im Hinterkopf blieb ein leiser Zweifel zurück.

„Dann ist es also abgemacht. Ich werde ihn suchen und fragen, ob wir uns in der Rennbahnkantine treffen können."

Die Begegnung mit Patrick verlief ganz so, wie Hal es sich vorgestellt hatte. Der Mann würde am Montag anfangen.

Nach dem Wochenende wurde es hektischer. Es hatte den Anschein, als ob die Zahl der Reporter von Tag zu Tag zunahm. Tanja fragte sich, wo sie wohl alle herkamen. Alle Derby-Teilnehmer waren mittlerweile eingetroffen. Wenn Tanja die anderen Pferde bei der Arbeit sah, versuchte sie, sie mit Spitfire zu vergleichen.

„Du bist nur voreingenommen", meinte David, nachdem sie eine Bemerkung über das heftige Temperament des Braunen mit Namen „Zugvogel" gemacht hatte. Sein Trainer hatte eine Warntafel aufgestellt, daß die Besucher sich von ihm fernhalten sollten.

„Wie kommst du denn darauf?" Tanja setzte einen unschuldigen Gesichtsausdruck auf, doch der Schalk blitzte in ihren Augen.

Sie paßten sich problemlos an die neue Routine an. Da Patrick auf dem Rennbahngelände blieb, fütterte er Spitfire morgens, und Tanja und David konnten etwas länger schlafen. Dann mistete David den Stall aus, während Tanja mit Spitfire auf die Rennbahn ging. Der Junghengst und Patrick verstanden sich von dem Moment an, als Patrick eine Möhre aus der Tasche zog.

„Laß ihn heute einen Kilometer volles Tempo laufen", sagte Hal, als Patrick Tanja am Dienstagmorgen aufs Pferd half. „Wärm ihn auf, dreh eine Runde um die Rennbahn im Schritt. Von der Holztribüne ab laß ihn dann laufen." Er zeigte auf die weiße, nicht überdachte Tribüne für die Besitzer und Trainer neben dem Rennbahneingang. „Patrick und ich werden von da ab die Zeit nehmen."

Spitfire schien zu spüren, daß an diesem Morgen alles anders war. Er spielte mit dem Zaumzeug und tänzelte ein bißchen. Tanja setzte ihre Schutzbrille zurecht. Als sie zur zweiten Kurve kamen, lenkte sie ihn zum Außenzaun und wechselte die Gangart.

„So, mein Junge, mach dich bereit", flüsterte sie ihm in seine zuckenden Ohren. An der 200-Meter-Markierung gab sie ihm die Zügel frei und rief: „Los, Spitfire." Sie stellte sich im Sattel auf und beugte sich weit über seinen Widerrist. Spitfire schien unter ihr zu explodieren. Mit jedem Sprung wurde er schneller. Sie blieb in der hohen Rennposition, die Zügel fest in der Hand. Fast übersah sie die fünfte Markierung, und die sechste flog an ihr vorbei, bevor sie noch das Tempo drosseln konnte. Sie ritten im kurzen Galopp über die Rennbahn.

Das Grinsen auf dem Gesicht ihres Vaters war eindeutig. Ihre innere Stoppuhr hatte ihr bereits gesagt, daß der Junghengst hervorragend gelaufen war. Die einzige Frage war nur – konnte er die ganze Strecke durchhalten? Es waren immerhin zweieinhalb Kilometer. Die Rennstrecke in Santa Anita betrug nur zwei Kilometer. Fünfhundert Meter schienen nicht viel zu sein – es sei denn, man gab alles, was man hatte. Ein Rennen konnte auf den letzten Metern gewonnen oder verloren werden.

„Komm, Mädchen, ich führe ihn herum." Patrick griff nach dem Führseil.

„Nein, das ist schon in Ordnung. Ich muß mich beschäftigt halten. Ihr macht schon alle harte Arbeit." Tanja entspannte sich, nachdem sie Spitfire herumgeführt hatte. Sein Karpalgelenk blieb kühl, als ob es nie eine Verletzung gegeben hätte – zum Glück!

Ihre innere Anspannung wuchs von Tag zu Tag. Immer, wenn sie an das bevorstehende Rennen dachte, unternahmen die Schmetterlinge in ihrem Bauch Sturzflüge.

„Bist du in Ordnung?“ fragte Red sie am Mittwochmorgen in der Kantine.

„Warum?“

„Weil du nur in den Eiern herumstocherst anstatt sie zu essen.“ Er deutete auf ihren Teller.

„Schätze, ich habe einfach keinen Hunger.“

„Ist sie immer so?“ fragte Red David. Die beiden hatten sich mittlerweile angefreundet.

Jetzt hatte Tanja zwei große Brüder, die sie herumkommandierten. Außer, daß sie, wenn sie Reds Hand berührte, ganz weiche Knie bekam. *Denk später darüber nach!* befahl sie sich, nachdem ihre Schulter von Reds zufälliger Berührung immer noch kribbelte.

Der Donnerstag kam entweder zu früh oder nicht früh genug – Tanja wußte es nicht genau zu sagen. Das war *der* Tag, an dem die Startpositionen ausgelost wurden. Sie wachte auf, als der Nebel noch über den Feldern hing. An der Rennbahn kamen und gingen die Pferde wie in einem Geistertanz.

Margret und Hal nahmen an dem Frühstück für Besitzer teil, doch Tanja, David und Patrick blieben bei Spitfire und erledigten die Morgenarbeit. Stumm tat jeder seine Pflicht. Dann würgten sie ihr Frühstück hinunter und gingen zum Museum. Red hatte ihnen geraten, sich früh dort einzufinden, weil es voll werden würde.

Die Statue von Secretariat mit seiner Rosendecke war beiseite geräumt worden. Dort stand jetzt ein Podium mit Mikrophonen. Bühnenlichter strahlten das Podium an, die Fernsehleute stellten ihre Kameras auf und verlegten ihre Kabel über die Teppiche.

Allmählich füllte sich der Raum mit Zuschauern, Besitzern, Trainern und Rennbahnangestellten; und natürlich mit Reportern, die Kassettenrecorder und Videokameras bei sich hatten. Jeder bekam eine Liste mit den Namen der zwölf startenden Pferde.

„Hier." Hal reichte jedem von ihnen eine goldene Baseballmütze, auf der in roten Buchstaben ‚Spitfire' stand. „Ich wollte sie euch eigentlich schon heute morgen geben. Wie ist es gelaufen?"

„Prima." Tanja klappte den Schirm hoch und setzte die Kappe auf. „Wie war das Frühstück?" Sie grinste ihre Mutter an. Auch Margret in ihrem blauen Seidenkleid trug diese goldene Mütze.

In dem Augenblick gingen die Lichter aus. Auf einer großen Leinwand, die fast bis zum zweiten Stock hinaufreichte, wurde eine Diashow mit Musikuntermalung und Kommentierung gezeigt. Tanja spürte wieder den Klumpen in ihrer Kehle, während sie die Bilder verfolgte. Die Diashow zeigte das Leben eines Vollblüters von der Geburt bis zum Rennen. Danach galoppierten die Sieger der früheren Rennen über den Bildschirm. Ein Feld mit roten Tulpen um die ganze Leinwand herum zauberte ein „Oh" auf die Lippen der meisten Zuschauer. Die Melodie des Liedes ‚My Old Kentucky Home' verklang, als die Namen der diesjährigen Derby-Teilnehmer zu lesen waren. Spitfire, Zugvogel, Nancy's Request, Shakespeare, Admiral. Tanja mußte sich umdrehen, um weiterzulesen. Dondolo, Equinox, Black Prince, Merlin, Spanish Dancer, Mastermind und Seestern. Einer dieser Namen würde später auf der Liste der Großen stehen.

Die Lichter gingen wieder an. Jetzt konnte Tanja nur

den breiten Rücken des Mannes sehen, der vor ihr stand. Die Zeremonie begann. Der Name eines Pferdes wurde aufgerufen und eine Nummer aus dem Behälter gezogen. Der Rennsekretär heftete diese Nummer dann neben den Namen des Pferdes an die große Tafel, damit alle es sehen konnten.

Tanja beobachtete, wie Leute um sie herum sich Notizen machten. Sie hatte nicht einmal einen Stift. Eine Gruppe lachte, als ‚Spanish Dancer' die Nummer eins zog. Die Startposition zwölf regte die Besitzer von ‚Merlin' nicht besonders auf. Spitfires Name stand etwa in der Mitte der Liste. Welche Startnummer würde er bekommen?

Tanjas Schmetterlinge im Bauch waren kaum noch zu bändigen.

Kapitel 14

„Spitfire, Startposition sechs." Das Warten war endlich vorbei.

Tanja hörte nur noch mit halbem Ohr zu, als die restlichen Startpositionen verteilt wurden. Die Nummer bedeutete, daß sie genau in der Mitte laufen würden.

Sobald die letzte Nummer verteilt war, hielt ein Reporter ihrem Vater ein Mikrophon unter die Nase. Hal mußte bei der Frage lächeln.

„Sie haben recht, das Wetter könnte tatsächlich günstig für uns sein. Unsere Pferde im Nordwesten sind an Regen gewöhnt. Sie laufen gut auf feuchten Bahnen. Und die Startpostion sechs kann sowohl von Vorteil als auch von Nachteil sein, je nachdem, wie schnell er loskommt."

Er wendete sich einem anderen Reporter zu. „Nein, in den letzten Wochen hat er keine Probleme mit seinem Bein mehr gehabt. Nach dem Rennen in Santa Anita hatte er nur eine leichte Entzündung, nichts Ernstes."

Nichts Ernstes! Tanja riß sich zusammen. *Sie* hatte sich Sorgen gemacht, das war mal klar. Wenn die Presse nur alles wüßte, was vorgefallen war.

Sie wollte gerade gehen, als eine junge Reporterin ihr eine Frage stellte. „Du warst doch in diesen schrecklichen Unfall in Portland Meadows verwickelt, nicht wahr?"

Tanja dachte schnell nach. „Ja. Aber ich war nicht schwer verletzt. Nur eine leichte Gehirnerschütterung."

„Hast du den Eindruck, daß dieser Unfall dein Reiten beeinträchtigt? Wie sieht es aus, wenn du während des Rennens im Mittelfeld gefangen wirst?"

Tanja atmete tief durch. Sollte sie ihnen erzählen, daß sie danach zwei Rennen verloren hatte und ernsthaft überlegt hatte, das darauffolgende abzusagen? Nein, dies war nicht der Moment für vollkommene Ehrlichkeit.

„Wie kann es einen nicht beeinträchtigen, wenn ein guter Freund getötet wird? Aber man macht weiter. Man reitet jedes Rennen, wie es kommt. Und man tut sein Bestes. Ich schätze, das ist alles, was man tun kann. Spitfire und ich, wir werden unser Bestes geben."

„Gute Antwort", flüsterte David ihr ins Ohr, als die Reporterin sich mit anderen unterhielt.

Hal sprach gerade mit einem Mann, auf dessen Mikrophon „ABC" stand. Margrets Lächeln war in ihrem Gesicht festgefroren. Tanja fiel auf, daß sie sich sehr beherrschen mußte, und daß das Lächeln auch bald verschwinden konnte. Sie machte David ein Zeichen, und die beiden nahmen den Arm ihrer Mutter. „Komm, wir wollen uns die Trophäen ansehen."

Die Menge verflüchtigte sich langsam, und die Fernsehteams bauten ihre Kameras wieder ab und rollten ihre Kabel auf.

„Wie war das Frühstück?" Tanja schaute ihre Mutter an.

„Riesig. Hunderte von Menschen."

„Und beim Abendessen der Trainer?" fragte David.

„Das Hotel war schön und das Essen gut, aber …"

Tanja und David warteten darauf, daß sie weitersprach.

„Aber – na ja, wir haben einige sehr nette Leute kennengelernt.“ Sie machte eine Pause und dachte nach. „Ich denke, hier ist eben alles ein wenig anders.“

Tanja schaute sich in dem Raum um. „Ich denke auch.“

„Wie zum Beispiel das hier. Es ist die reinste Modenschau. Man handhabt hier alles etwas anders als zu Hause.“

Tanja grinste. „Darum halte ich mich auch lieber bei den Ställen auf. Pferde sind einfacher im Umgang als Menschen. Hast du diese Frau ganz in Weiß gesehen?“

„Wenn diese Steine, die sie trägt, echt sind –“ David schüttelte den Kopf.

„Und dieser Hut mit der breiten Krempe. Nein wirklich, wenn Sie wüßten, wie schön es ist, Sie zu sehen.“ Tanja ahmte ihre Sprache und Gestik perfekt nach.

„Tanja.“ Margret hatte Mühe, ihr Lachen zu unterdrücken.

„Wir verschwinden hier besser, bevor wir noch Schwierigkeiten bekommen.“ Auch David hatte Mühe, sich zu beherrschen. Er hakte sie beide unter, und zusammen gingen sie an dem Informationsstand für Besucher vorbei zum Haupteingang. Draußen vor der Tür schauten sie sich an und lachten los. Als Hal kurze Zeit später zu ihnen kam, lachten sie noch immer.

„Nanu, was ist denn hier los?“

Tanja und ihre Mutter schauten sich an und brachen erneut in Gelächter aus. Endlich holte Tanja tief Luft und zwang sich, mit ernstem Gesicht ihren Vater anzusehen. „Du hast uns einfach nicht richtig eingekleidet, Papa, Lieber.“

„Die Frau in Weiß?“

„Oh, du hast es also bemerkt?“ Margret hakte sich bei Hal ein.

„Wie könnte ich nicht?“ Hal schüttelte den Kopf. „Kommt, wir wollen nach Spitfire sehen.“

Als sie zum Stall kamen, scharten sich wieder Reporter um sie. Tanja begriff allmählich, was gemeint war, wenn berühmte Persönlichkeiten von einem „Leben im Wasserglas" sprachen. Sie rieb ihre Wange an Spitfires Kopf, den er auf ihre Schulter gelegt hatte. Jemand fragte, ob er sie in dieser Position fotografieren könne. Spitfire blinzelte, weil das Blitzlicht ihn blendete.

Alle waren erleichtert, als sie zum Hotel zurückfuhren.

„Diese Diaschau war ausgezeichnet." Tanja legte den Deckel auf ihren Becher und nahm einen großen Schluck von ihrer Cola.

„Das stimmt." Margret ließ sich auf einen Stuhl fallen. Sie zog die Schuhe aus und bewegte die Zehen. „Ich würde sie gern noch einmal sehen."

„Die Vorführungen sind festgelegt." Hal streckte sich. „Ist noch Kaffee da?"

David schenkte eine Tasse für seinen Vater und für sich ein. „Das waren ja viele Menschen. Diese ganze Woche ist eine einzige große Party."

„Nein, es sind viele Partys. Da wir gerade davon sprechen, wir müssen heute abend wieder zu einer. Die Churchill-Downs-Derby-Party." Hal schaute Margret an.

„Müssen wir wirklich?"

„Wir müssen gar nichts. Ich bin sicher, daß sie uns nicht vermissen werden, zumal ich gehört habe, daß etwa 500 Leute anwesend sein werden. Außerdem kleide ich dich ja nicht richtig ein, wie deine Tochter sagt."

„Übrigens, Red hat nach dir gefragt, Tanja."

Tanja wurde es ganz heiß. „So?"

„Er sagte, er wollte dich bei der Abendfütterung treffen, wenn nicht schon vorher." Hal zwinkerte ihr wissend zu.

Sie wurde knallrot.

„Scheint ein netter junger Mann zu sein."

„Pa-pa!" Sie kühlte ihre Wangen mit dem Colabecher. Das war wirklich verrückt. Sie war doch nicht in ihn verliebt – oder? Mochte er sie? Ihr Vater schien den Eindruck zu haben. Sie warf ein Sofakissen nach David, um sein Grinsen zu verscheuchen.

„Du meine Güte, nur noch weniger als achtundvierzig Stunden." David schüttelte den Kopf. „Dann ist das große Rennen da."

„Vielen Dank." Die Schmetterlinge wurden jetzt wieder lebendig. „Ihr seid mir wirklich eine große Hilfe."

„Wollt ihr Kinder zur Parade gehen?" Hal stellte seine Kaffeetasse auf den Tisch.

Tanja dachte eine Weile nach. Die ganzen Leute. „Wir können doch nicht. Spitfire muß um diese Zeit gefüttert werden. Die Parade ist am Spätnachmittag. Ich würde lieber zum Abendessen schön ausgehen. Nur wir vier."

Und das taten sie. Nachdem sie reichlich und gut gegessen hatten, hatte Tanja die nötige Bettschwere. Der Morgen kam wie immer viel zu früh.

„Du und der schwarze Hengst, Mädchen, ihr seid schon ein Pärchen", meinte Patrick am nächsten Morgen, als Tanja vom Pferd sprang. „Jeder scheint genau zu wissen, was der andere denkt. Ihr werdet nur schwer zu schlagen sein da draußen."

„Es bedeutet mir sehr viel, daß Sie das sagen", antwortete Tanja. Das war das erste richtige Kompliment, das sie von Patrick erhielt. „Ich hoffe nur, daß Sie recht haben."

Sie hatten gerade fertig gefrühstückt, als Hal und Margret zwei Neuankömmlinge in die Kantine schoben. Tanja sprang auf und umarmte zuerst ihren Großvater und dann ihre Großmutter. Das so vertraute Lavendelparfüm ihrer Großmutter hing im Raum.

„Kaum zu glauben, wir treffen uns wirklich alle in

Kentucky! Ich bin so froh, daß ihr gekommen seid." Sie trat zurück und betrachtete sie. „Ihr seht großartig aus." Die Schultern ihres Großvaters schienen ein wenig gebeugt zu sein, aber Tanja konnte keine Anzeichen entdecken, daß er krank gewesen war. Sie sahen tatsächlich aus wie immer.

„Hallo, David." Die schlanke Frau mit dem schneeweißen Haar beugte sich vor, um seine Wange zu küssen.

Hal stellte Patrick vor, und Tanja holte für alle Kaffee.

„Hast du auch koffeinfreien Kaffee?" fragte ihre Großmutter. „Ich muß wirklich vorsichtig sein, weißt du."

„Ich habe daran gedacht. Diese beiden hier sind für euch." Tanja gab ihrem Großvater einen Becher. Vorsichtig war genau das richtige Wort. Als sie darüber nachdachte, wurde Tanja klar, daß ihre Mutter ihren Sorgengeist von *ihrer* Mutter hatte.

Patrick entschuldigte sich, und Tanja folgte ihm.

„Wir kommen später hinunter", sagte ihr Vater.

An diesem Nachmittag fand das Oaks-Rennen statt. Tanja lehnte sich an den Zaun um ihre Box herum und beobachtete sowohl die Zuschauer als auch das Rennen. Morgen würde sie im Jockeyraum sitzen – und warten.

Eine haselnußbraune Stute mit Stern und Schnippe gewann mit einer Länge Vorsprung. Der Jockey, der sie geritten hatte, Jerry Jones, würde am nächsten Nachmittag Shakespeare reiten. Er war bekannt dafür, daß er Sieger ritt.

„Funkenflug hätte es bestimmt geschafft", sagte Tanja laut vor sich hin. „Ich wünschte nur, wir hätten sie mitgebracht."

„Sie wird ihre Chance bekommen." Hal schlug ihr leicht mit seinem Programm auf die Schulter. „Und du auch."

Tanja wunderte sich, was er wohl damit gemeint haben könnte. Als sie sich auf die andere Seite legte, zum dritten Mal in dieser Nacht, konnte sie die Gedanken an das bevorstehende Rennen nicht beiseite schieben. Was, wenn jemand stürzte? Wenn Spitfire verletzt würde? Wenn sie verlieren würden? Was, wenn sie gewinnen würden? Diese vielen „was-wenns" machten sie noch ganz verrückt.

Sie versuchte zu beten. Die Fragen gingen ihr trotzdem durch den Sinn. Sie sagte sich ihre Bibelverse vor. Langsam wurde sie etwas ruhiger. *Entspannt euch*, befahl sie ihren Muskeln. Sie ignorierten sie.

Vielleicht hätten sie zu der Party gehen sollen, zu der sie eingeladen gewesen waren. Dann hätte sie nicht so viel Zeit zum Nachdenken gehabt. Wieder drehte sie sich auf die andere Seite.

Endlich setzte Tanja sich im Bett auf und knipste das Licht an. Es fiel direkt auf die geschwungenen Flügel des Adlers. Vorsichtig fuhr Tanja mit dem Finger über die feine Schnitzerei. Ihr Lied „ … läßt dich auffahren mit Flügeln wie der Adler, berge dich in den Armen Gottes …" kam ihr in den Sinn.

Wie würde es sein, wenn man sich von den Luftströmen höher und höher tragen lassen würde? Den Wind auf den Flügeln fühlen würde? Sie seufzte. Das Gefühl, geborgen zu sein, kannte sie genau – „… in seiner Hand".

„Danke, lieber Vater", sagte sie. „Danke."

Der Friede ihres Schlafs wurde durch Schreie und Stöhnen gestört. Durch Sirenen und Entsetzen. Durch Dreck und Blut. Wieder ein Alptraum.

Tanja fuhr aus dem Schlaf hoch und rang nach Atem. Sie hatte das Gefühl, als säße jemand auf ihrer Brust. Sie drückte ihre Schultern gegen das Kopfteil des Bettes und wartete darauf, daß ihr Herz aufhörte, so wild zu schlagen. Es war nur ein Alptraum, und Alpträume waren immer schlimmer als die Wirklichkeit.

Du hast Angst! flüsterte ihr ihr kleiner innerer Quälgeist zu. *Morgen ist das große Rennen – nein – heute, und du hast fürchterliche Angst. Du solltest dich nicht fürchten.*

Tanja hielt sich die Ohren zu, doch es half nichts. Natürlich sollte sie keine Angst haben. Aber war das denn nicht normal? Das Kentucky Derby war eine große Sache. Die halbe Welt würde zuschauen.

Aber es half alles nichts. Sie stand auf und ging ins Badezimmer. Nachdem sie einen Schluck Wasser getrunken hatte, kuschelte sie sich wieder ins Bett. Diesmal dachte sie wieder an Jesus, bis sie einschlief.

Mit dem Klingeln ihres Weckers wurden auch ihre Schmetterlinge wieder wach. Wie schön wäre es gewesen, wenn diese Quälgeister verschlafen hätten!

Wie gewöhnlich hatte Patrick das hungrige Pferd schon gefüttert. Er summte fröhlich vor sich hin, während er ihren Rennsattel polierte.

Nachdem sie ihn begrüßt hatte, pfiff Tanja leise. Spitfire hatte seinen Kopf bereits über das Netz gestreckt und wieherte fröhlich, als er sie sah. Er schubste sie an der Wange und schnupperte an ihrer Hand, weil er seine Möhre wollte. Tanja enttäuschte ihn nicht.

Der Himmel war bedeckt, als Tanja ihn eine halbe Stunde später auf die Rennstrecke führte. Die Wettervorhersage hatte Gewitter angekündigt.

„Und du magst keine Gewitter, nicht wahr?" Tanja sprach weiter auf ihn ein. Sie stellte sich in ihren Steigbügeln auf, während sie um die Rennbahn trabten. Danach fielen sie in einen langsamen Schritt. Sie setzte sich wieder in den Sattel und genoß den Ritt. Ihr Magen war immer noch in Aufruhr.

Als sie zum Stall zurückkamen, unterhielt sich ihr Vater mit Reportern. Patrick und David spritzten den Junghengst ab und bekamen selbst dabei eine Dusche. Tanja rieb Spitfires Gesicht mit einem weichen Schwamm ab. Er knabberte an dem Schwamm, schüttelte dann seinen Kopf und bespritzte sie mit Wasser.

„He, laß das." Sie wischte sich die Wassertropfen aus den Augen. Spitfire kräuselte seine Oberlippe und flehmte, als würde er sie auslachen. Sie rieben ihn trocken, legten eine Decke über ihn, und Tanja führte ihn herum. David hatte den Stall bereits ausgemistet und neues Stroh eingestreut.

Tanja vermißte ihre gebrochene Unterhaltung mit den beiden spanischen Helfern. Sie nannten Spitfire *muy cabrillo*, schönes Pferd.

„Wie fühlst du dich?" Red ging neben ihr her.

„Hast du mich erschreckt!"

„Du warst irgendwie ganz woanders."

„Nein, war ich nicht." Aber eigentlich stimmte es doch. Das war gefährlich. Sie mußte sich auf Spitfire konzentrieren, für den Fall, daß ihn irgend etwas erschreckte.

„Gehst du frühstücken?"

Tanja warf ihm einen gequälten Blick zu.

„Oh, Schmetterlinge?"

„Ein ganzer Bauch voll."

„Du ißt besser etwas. Ich treffe dich dann später im Jockeyraum. Spielst du Billard?"

Tanja schüttelte den Kopf. Wie sollte sie nur die Stunden im Jockeyraum überstehen?

„Wie steht's mit Tischtennis? Wir werden schon etwas finden, damit die Zeit schneller vergeht. Bis dann." Er trabte davon.

„Denkst du, daß er jemals normal geht?" Spitfire schüttelte den Kopf.

Tanja würgte ein Stück Toast hinunter. Statt der Milch trank sie Apfelsaft.

„Du wirst es schon schaffen." Wieder einmal konnte ihr Vater ihre Gedanken lesen.

„Ich wünschte, ich könnte unten im Stall warten. Wenigstens hätte ich dort etwas zu tun."

„Ich weiß, diesmal ist es anders und fällt dir schwer. Aber der Tag wird vorbei sein, bevor du es noch denkst."

Tanja nickte, bezweifelte aber, daß ihr Vater diesmal recht hatte.

Spitfires Fell glänzte. Seine Hufe waren blitzblank, Mähne und Schweif gebürstet und locker, genau wie Tanja es gern hatte. Weder ihr Vater noch Tanja mochten sie einflechten, wie es in einigen Ställen üblich war. Das Zaumzeug war geölt und poliert.

Um die Ställe herum herrschte Ruhe. Ab und zu kam ein Besucher vorbei, aber sowohl die Pferde als auch die Menschen ruhten sich ein wenig aus. Tanja lehnte sich in ihrem Gartenstuhl zurück. Wenn sie nur hierbleiben könnte!

„Soll ich dich rüberbringen?" fragte David.

Tanja schaute auf ihre Uhr. Es wurde Zeit. Warum nur hatte sie das Gefühl, als würde sie zu ihrer Hinrichtung gebracht?

Patrick nahm ihre kalten Hände in seine. „Mach dir keine Sorgen, Mädchen. Gib einfach nur dein Bestes."

Tanja nickte. Sie hatte Angst, daß die Schmetterlinge, wenn sie den Mund öffnete, ihr die Luft abschneiden würden.

Trotz des bedeckten Himmels füllten sich die Zuschauerreihen schnell. Die Tribünenplätze waren seit Wochen ausverkauft, doch die Massen strömten schon seit acht Uhr, als die Rennbahn ihre Tore geöffnet hatte, ins Innenfeld.

„Hast du den Wagen gesehen?" David knuffte sie am Arm. Sie hatten den Tunnel schon fast erreicht.

„Den roten?"

„Ja. Denk nur, wenn du gewinnst, gehört er dir. Ein rotes Chrysler-Cabriolet."

„Daran kann ich jetzt wirklich nicht denken." Tanja kaute an ihrer Unterlippe. Ihr Mund war wie ausgedörrt.

Am Fuß der Treppe gab David ihr ihre Sporttasche. „Wir sehen uns am Sattelplatz."

Tanja ging zum Aufzug. Sie drehte sich noch einmal um und winkte David zu, der vor der Treppe stehen geblieben war.

Frances Brown war allein im Jockeyraum. Sie saß an ihrem Tisch und las in einem Buch, das so groß war wie ein ganzer Tisch. „Hallo, Tanja. Ich habe das Buch mitgebracht, damit jeder mal hineinschauen kann." Sie schlug die Titelseite auf. *Kentucky Derby* stand in weißen Buchstaben über dem Bild eines Vollblutpferdes geschrieben. „Die Bilder sind fantastisch. Ich habe noch nie ein besseres Buch gesehen."

Eine Stunde später las Tanja noch immer darin. Die Bilder waren wirklich großartig, aber auch der Text. Sie erfuhr vieles über die Geschichte der Rennbahn und des Pferderennens, das sie noch nie zuvor gehört hatte.

Da das erste Rennen für 11.30 Uhr angesetzt war, kamen jetzt einige andere Frauen herein. Tanja war der einzige weibliche Jockey beim großen Derby. Sie legte das Buch beiseite, als jemand ihren Namen rief.

„Tanja, Red ist nebenan und fragt nach dir." Frances lächelte sie an. „Schön, daß dir mein Buch gefällt."

„Wo haben Sie es gekauft? Ich möchte auch so eines."

„Im Geschenkeladen beim Museum. Iß jetzt etwas, wenn du kannst. Du wirst dich danach besser fühlen."

Tanja war sich dessen nicht so sicher. Beim Jubeln der

Menge auf dem Monitor waren die Schmetterlinge in ihrem Bauch der Meinung, der Applaus sei für sie bestimmt. Tanja verschlang die Arme ineinander. *Bitte, lieber Gott, hilf mir.*

Kapitel 15

Es regnete.

Tanja stand am Fenster und schaute über das Dach der Zuschauertribüne. Der Regen wirkte wie feine Gazestreifen, die vom Wind hin- und herbewegt wurden. Sie hatte das zweite Rennen auf dem Monitor verfolgt. Es war vorbei gewesen, kurz bevor der Regen eingesetzt hatte.

Sie hörte das Klacken der Billardbälle vom Billardtisch hinter ihr.

„Ein Wort mit sechs Buchstaben für Hund", wollte ein Jockey wissen, der ein Kreuzworträtsel löste.

„Köter mit ‚oe'."

„Danke."

Tanja drehte sich erst um, als Red ihr eine Cola reichte. Dann lehnte sie sich gegen das Fensterbrett und schaute auf den Monitor. Gerade lief wieder ein Rennen.

„Ich schaue sie mir immer an." Red zeigte auf den Bildschirm. „Man lernt dadurch viel über den Stil eines Jockeys."

„Und wo schaust du dir das an? Hier?"

„Nein, drüben im Museum. Dort steht ein großer Bildschirm, da kann man besser sehen. Und die Rennbahn hat auch ein Videoarchiv."

„Ich wünschte, ich könnte jetzt im Stall sein. Wenigstens gäbe es da etwas zu tun."

„Ist noch alles ruhig. Spitfire schläft wahrscheinlich. Bei all den Straßenpartys hier brauchen auch die Pferde zusätzlichen Schlaf."

„Vermutlich." Sie rieb sich den Nacken. „Normalerweise reite ich mehrere Pferde, drei oder vier. Da ist man beschäftigt. Oder ich helfe David im Stall."

„Tanja." Er zögerte. „Wie lange werdet ihr nach dem Rennen noch hierbleiben?"

Sie zuckte mit den Schultern. „Kommt darauf an, wie wir abschneiden. Papa sagt, wir sollen bis nach dem Rennen warten und dann entscheiden."

„Aber ihr seid für alle drei Rennen der ‚dreifachen Krone' eingetragen, nicht wahr?"

Sie nickte. „Warum?"

Jetzt zuckte er mit den Schultern. „Ich würde gern etwas Zeit mit dir verbringen. Vielleicht könnten wir einen Ausflug machen oder uns gemeinsam einen Film ansehen. Irgend etwas."

„Oh." Tanja nahm einen großen Schluck ihrer Cola. Sie schaute auf, direkt in seine blauen Augen, die sie forschend ansahen. „Ich werde meinen Vater fragen."

„Gut. Bis später. Muß mich fertigmachen für meinen nächsten Ritt." Sein Lächeln tat ihr gut.

„Viel Glück."

Tanja kehrte in den Raum für die weiblichen Jockeys zurück. Frances unterhielt sich gerade mit einer der Jockeys. Sie brachen ihre Unterhaltung ab und verfolgten das vierte Rennen. Red lenkte sein Pferd nach außen und blieb mit einem anderen Pferd zurück, bis sie in die Zielgerade einbogen.

„Jetzt!" Gemeinsam feuerten sie Red an.

Red nahm die Peitsche zu Hilfe und und ließ die Zügel locker. Er gewann mit einer Länge Vorprung. Als die Kamera den Gewinner zeigte, konnte man vor Matsch den Reiter und das Pferd kaum erkennen.

Doch Reds Grinsen war ansteckend, selbst auf dem Monitor.

Der Regen hatte zwar aufgehört, aber die Rennbahn galt nun offiziell als schlammig. Aus der Sicht der letzten Reiter war das stark untertrieben.

Vielleicht hat der Regen sie eingelullt. Tanja fiel plötzlich auf, daß die Schmetterlinge in ihrem Bauch Ruhe gegeben hatten. Sie sprühte eine Reinigungslösung auf ihre fünf Schutzbrillen und wischte sie klar. Dann stapelte sie sie übereinander, damit sie sie leicht von ihrem Helm über die Augen streifen konnte. Danach polierte sie ihre Stiefel. *Wann waren die Schmetterlinge verschwunden?* Sie konnte es nicht genau sagen, es war ihr auch egal. Der Frieden, um den sie gebetet hatte, war eingekehrt. Sie fühlte sich gut. Es würde jetzt nicht mehr lange dauern.

Sie war bereit, als der Aufruf kam.

„Gib dein Bestes", meinte Frances. „Es ist an der Zeit, daß einmal eine Frau in diesem roten Hufeisen steht."

„Danke." Einige Schmetterlinge versuchten, auszubrechen, doch Tanja schluckte sie hinunter. Ihr Gewicht samt Sattel und Zaumzeug betrug 126 Pfund, genau, wie es sein sollte. Sie folgte den anderen die Treppe hinunter und durch die Reihen der winkenden und jubelnden Zuschauer zum Sattelplatz. Es regnete nicht mehr.

Tanja atmete tief die frische Luft ein und lockerte ihre Schultern. Ihre Eltern und Großeltern hatten sich herausgeputzt. David und Patrick warteten mit Spitfire auf sie. Der Junghengst wieherte, als er Tanja sah.

„Bist du bereit?" fragte Hal.

Als Tanja nickte, klopfte David ihr leicht auf die Schulter. „Du schaffst es."

Tanja gab Spitfire einen Kuß auf die Nase. Er blies ihr ins Ohr, als sie ihn umarmte. „Jetzt ist es soweit, mein Junge. Bist du bereit, ihnen zu zeigen, was wir können?"

„Bitte aufsitzen“, kam die Aufforderung über den Lautsprecher.

Tanjas Klumpen im Hals wurde größer, als sie ihrem Vater in die Augen schaute. „Ich hab' dich lieb“, flüsterte sie ihm ins Ohr und warf die Arme um seinen Hals. Dann umarmte sie ihre Mutter. „Danke, daß du gekommen bist.“

Margret nickte. Ihr Schniefen zeigte, daß sie den Tränen nahe war.

Auch ihre Großeltern umarmte Tanja. „Ich kann euch gar nicht sagen, wie froh ich bin, daß ihr hier seid.“

„Um nichts in der Welt hätten wir dieses Rennen versäumen wollen“, sagte ihr Großvater.

Tanja nahm sich einen Augenblick Zeit und schaute David tief in die Augen. „Ich bin froh, daß du mein Bruder bist. Ohne dich hätten wir es nicht geschafft.“

David umarmte sie schnell, so, wie sich Geschwister umarmen, die sich eher necken und ärgern, als Gefühle füreinander zu zeigen. „Gewinn einfach für uns.“

Patrick berührte ihre Hand. „Wir werden alle für dich beten, Mädchen.“

Hal half ihr aufs Pferd und drückte ihr Knie. „Du weißt, was du zu tun hast. Gott segne dich.“

Patrick führte sie zu ihrer Startposition. Jetzt gab es kein Zurück mehr.

Tanjas Leitpferd und sein Reiter nahmen sie beim Tunnel in Empfang. Das graue Pferd war mit Rosen in seiner Mähne und im Schweif geschmückt. Als Spitfire aus dem Tunnel herauskam, hörte Tanja die Band „Old Kentucky Home“ spielen. Alle sangen dazu. Sie tätschelte den schwarzen Hals ihres Pferdes. Mit erhobenem Kopf und gespitzten Ohren tanzte Spitfire regelrecht zur Musik. Sie wendeten und trabten zur Zuschauertribüne zurück. Ein Blitz zuckte am dunklen Himmel im Westen. In der Ferne grollte der Donner.

Equinox trabte vor ihnen her und machte dem Reiter auf seinem Leitpferd das Leben schwer. Sein Rücken war vom Schweiß bereits dunkel geworden.

Als sie zu den Startboxen galoppierten, spürte Tanja, wie Spitfire sich entspannte. Das einzige, was sie beunruhigte, war die schwarze Wolke am Himmel über den Ställen. Hoffentlich brach das Gewitter erst nach dem Rennen los!

Der Wind frischte auf, als die Pferde in ihre Startboxen geführt wurden. Die Nummer eins, Merlin, weigerte sich. Vier Männer in grünen Jacken stellten sich hinter das Pferd und schoben es hinein. Bei den nächsten vier Tieren gab es keine Probleme. Equinox stieg hoch, als er in die Box gebracht werden sollte. Der Jockey konnte sich oben halten, doch Tanja konnte nachempfinden, wie ihm zumute sein mußte.

Spitfire tänzelte seitwärts, gehorchte aber, als Tanja ihm befahl, vorwärts zu gehen. Er stand bewegungslos in der Box. Dondolo zu ihrer Rechten war widerspenstig, warf seinen Kopf hoch und bewegte sich unruhig hin und her.

„Beobachten Sie ihn genau", sagte sein Führjunge. Er stand neben dem Tor.

Tanja hielt ihre Augen starr auf den Fleck zwischen Spitfires Ohren gerichtet. Er war im Gleichgewicht, bereit zum großen Rennen.

Als Spanish Dancer, die Nummer zwölf, in die Startbox geführt wurde, zuckte ein greller Blitz. Der Donner krachte fast gleichzeitig los. Die Starttore sprangen auf.

Spitfire warf seinen Kopf hoch. Aus dem Gleichgewicht gebracht, stolperte er über die Schwelle des Tores. Equinox und er stießen aneinander.

Tanja bemühte sich, Spitfires Kopf hochzuhalten, und als sie endlich richtig galoppierten, lagen sie weit hinten.

„Gut, mein Junge. Der Start war schlecht; das müssen wir jetzt wieder wettmachen.“ Tanjas feste Stimme feuerte ihn an. Sie waren zwei Längen zurück, als sie die Zuschauertribüne zum ersten Mal passierten.

Die vier Pferde vor ihnen, die Schulter an Schulter liefen, wirkten wie eine undurchdringliche Mauer. Geduldig wartete Tanja, bis das äußerste Pferd abdriftete. Jetzt hatte sie ein Loch gefunden. Ohne zu zögern nahm sie ihre Chance wahr.

Sie kamen aus der Kurve und galoppierten im Mittelfeld Kopf an Kopf mit der Nummer acht. Tanja lenkte Spitfire nach rechts, so daß sie außen liefen.

Zwei Längen vor ihnen wurde ein Pferd auf der Innenseite gerammt und prallte gegen den Zaun.

Der Jockey flog über den Kopf seines Pferdes. Alles passierte so schnell. „Los, mein Alter“, murmelte Tanja Spitfire ins Ohr. Vor ihnen liefen nur noch drei Pferde.

Mittlerweile trug sie schon die dritte Schutzbrille. Das Pferd vor ihnen wurde langsamer. Leicht zog Spitfire an ihm vorbei und setzte sich an Platz drei. Bei dem Meilenpfosten kam Tanja in Fahrt.

„So, Spitfire, jetzt los.“ Sie drückte sich an seinen Hals; Reiterin und Pferd verschmolzen fast miteinander. Und jetzt war ihr Sinn nur noch auf die beiden Pferde vor ihnen gerichtet.

Spitfire streckte sich. Er beschleunigte seinen Galopp, so als wäre die Rennbahn ganz trocken.

„Los, Spitfire!“ feuerte Tanja ihn an.

In kürzester Zeit zog er auch an dem Pferd auf dem zweiten Platz vorbei. Jetzt war nur noch Shakespeare vor ihnen.

Die letzten zweihundert Meter. Tanja feuerte ihren schwarzen Hengst an, alles zu geben, was er konnte. Sie konnte schon die weißen Pfosten sehen.

„Jetzt, mein Junge, jetzt!“ Sie zogen gleich.

Jones nahm die Peitsche zu Hilfe. Kopf an Kopf donnerten sie der Ziellinie entgegen.

Spitfires Nase zog an dem Rotfuchs vorbei, dann sein Hals. Sein Rücken. Er gewann mit einer dreiviertel Länge Vorsprung.

„Juchu!" schrie Tanja so laut sie konnte. Sie stellte sich im Sattel auf, damit Spitfire auslaufen konnte. „Du hast es geschafft, du Wahnsinnsstück Pferdefleisch, du hast es wirklich geschafft!"

Tränen strömten ihr die Wangen hinunter und hinterließen kleine Rinnsale in ihrem verdreckten Gesicht.

„Vielen Dank, lieber Vater, vielen Dank. Das Derby! Wir haben wirklich das Derby gewonnen!" Sie wendete und ritt im kurzen Galopp zur Ziellinie, an der jubelnden Menge und den Kameras vorbei, die im Innenfeld aufgestellt waren, hin zu dem Hufeisen aus Gras und roten Tulpen.

Tanja blieb in der Mitte der Rennbahn stehen und drehte sich mit Spitfire, damit er in die Menge blicken und seinen Applaus entgegennehmen konnte, den er sich redlich verdient hatte. „Du hast es geschafft, mein Junge. Merkst du, wie gut das tut?" Sie hob ihren dreckverkrusteten Arm und winkte. Als sie ihn wieder herunternahm, legte sie beide Arme um den Hals des Pferdes und drückte es. Der Applaus steigerte sich.

David und Patrick waren als erste bei ihnen. David schlug ihr aufs Knie und drückte ihre Hand. „Ich hätte nicht gedacht, daß ihr zwei es nach diesem miserablen Start noch schaffen würdet."

„Mein altes Herz ist beinahe stehengeblieben." Patrick klopfte sich an die Brust. „Ich habe es ja gesagt, ihr zwei seid wirklich ein gutes Team."

„Er mag eben kein Gewitter." Tanja suchte in der Menge nach ihrem Vater. Hal half Margret gerade über die matschige Rennbahn. Hinter ihnen waren zwei

Männer in Anzügen ihren Großeltern behilflich. Tanja fiel auf, daß Margret geweint hatte – eigentlich immer noch weinte. Das strahlende Lächeln, das sie ihrer Tochter schenkte, bedeutete, daß es Freudentränen waren.

„Ich kann nur sagen: Danke, lieber Gott", meinte Hal, als er Tanjas Hand drückte.

„Du bist gesund", sagte Margret unter Tränen.

„Und wir haben gewonnen!" Tanja mußte schlucken.

„Komm." Hal nahm die Zügel und führte sie unter den Jubelrufen der Menge in das Hufeisen.

Spitfire stand mit erhobenem Kopf, als ihm ein Kranz aus roten Rosen um seinen Hals gelegt wurde. Die Kameras klickten, während Tanja den Strauß Rosen in Empfang nahm. Immer mehr Blitzlichter zuckten. Tanja sprang leichtfüßig aus dem Sattel. Sie zog Spitfires Kopf zu sich herunter, um ihn zu umarmen und zu kraulen.

In diesem Augenblick bemerkte Spitfire Davids Mütze. Er packte den Schirm mit seinem Maul und zog ihn David vom Kopf.

David schaute Tanja an und schüttelte den Kopf. „Kannst du diesem Clown denn keine Manieren beibringen?" Die Leute, die um sie herumstanden, lachten und applaudierten wieder.

„Komm, mein Alter." Patrick zog ein Halfter über Spitfires Kopf, „wir wollen zur Nachuntersuchung gehen." Während er das Pferd wegbrachte, wurden Tanja und ihre Eltern die weiße Treppe hinaufgeführt und stellten sich hinter den vier Trophäen auf. Die große Trophäe wurde jedes Jahr dem Gewinner überreicht, und dann wieder mit dem eingravierten Namen des Siegers ans Museum zurückgegeben.

„Dies ist eine außergewöhnliche Situation", sagte der Zeremonienmeister. „Dieses Mal gehen alle Trophäen an ein und dieselbe Familie. Besitzer und Trainer, Hal Evanston. Jockey, seine Tochter, die sechzehnjährige Tanja Evanston. So bleibt alles in der Familie."

Tanja, Hal und Margret winkten wieder. Tanja konnte ihre Mutter nicht anschauen; sie wußte, daß sie wieder weinte.

Hal trat ans Mikrophon. „Ich kann gar nicht beschreiben, wie ich mich fühle. Ich danke Ihnen allen und vor allem Gott für diesen Tag." Wieder winkte er. „Und, natürlich werden wir beim Preakness mitmachen, so Gott will."

Tanja war furchtbar aufgeregt. Konnte es etwas Schöneres geben?

„Und hier der erste weibliche Jockey, der das Kentucky Derby gewonnen hat: Tanja Evanston."

Tanja räusperte sich. Sie schaute über die Zuschauermenge auf der Tribüne. Reporter mit Kameras und Videokameras bevölkerten das Innenfeld vor ihr.

„Jeder Jockey träumt davon, eines Tages hier zu stehen. Ich glaube nicht, daß ich anders empfinde, nur weil ich eine Frau bin. Mein Traum ist Wirklichkeit geworden, und dadurch auch der Traum meines Vaters. Vielen Dank."

„Bleib gleich hier", sagte der Zeremonienmeister. Er stellte den Vertreter der Firma Chrysler vor.

„Es ist mir ein großes Vergnügen, Ihnen, Tanja Evanston, die Schlüssel zu diesem Chrysler-Cabriolet zu überreichen." Er legte sie in ihre Hand. „Ist das Ihr erstes Auto?"

Tanja nickte. „Vielen Dank", stammelte sie. Das Auto hatte sie vollkommen vergessen. Was würde ihre Mutter dazu sagen?

Nachdem sie noch mehr Fragen beantwortet, alle Hände geschüttelt, für die Kameras gelächelt und wieder Fragen beantwortet hatten, bahnte ihnen das Sicherheitspersonal einen Weg durch die Menge über die Rennbahn zurück zum Tunnel.

„Platz für Tanja", rief eine vertraute Stimme auf der Tribüne über Tanjas Kopf. Sie schaute hoch und winkte Red zu.

Die Eskorte brachte sie hoch in das Büro des Rennbahndirektors, wo ihnen wieder gratuliert wurde. Tanja wünschte, David könnte bei ihnen sein. Doch er war bei Patrick und Spitfire im Nachuntersuchungsstall.

„Tanja, ich bin Bill Williams von der *Sport-Illustrierten.*"

Tanja schüttelte ihm die Hand. „Schön, Sie kennenzulernen."

„Könnten wir, bevor du dich umziehst, zusammen zu den Ställen gehen und Bilder von dir und Spitfire machen? Ich hätte gern eine Porträtaufnahme von euch beiden für die Titelseite unserer nächsten Ausgabe."

Tanja drehte sich nach ihrem Vater um. Er unterhielt sich gerade. „Ich – ich denke schon." *Die Titelseite der Sport-Illustrierten. Was würde Sonja dazu sagen?* Bei dem Gedanken daran mußte sie fast lachen. *Und was würde Mama dazu sagen?*

Was konnte sie schon sagen?

„Am besten wäschst du dir zuerst dein Gesicht", flüsterte Margret Tanja ins Ohr. Tanja entschuldigte sich und befolgte ihren Rat.

Sie gingen alle zusammen zum Stall 41. Patrick hatte Spitfire gewaschen und gestriegelt. Schnell legte er ihm das weiße Zaumzeug wieder an. Spitfire legte seinen Kopf auf Tanjas Schulter, wie er es so gerne tat, und stellte die Ohren auf, als jemand hinter der Kamera mit den Fingern schnipste.

„Vielen Dank", sagte Williams. „Kann ich dich im Hotel anrufen, damit wir einen Interviewtermin vereinbaren?"

Tanja nickte. „Das ist mir recht.“

„Wir haben noch einen Empfang.“ Hal legte die Hand auf Tanjas Schulter. „Du ziehst dich jetzt besser um.“

Margret umarmte ihre Tochter noch einmal, bevor sie ging. „Trotz meiner Angst war ich so stolz auf dich. Ich konnte nichts anderes tun als beten. Ich danke Gott, daß er dich bewahrt hat und daß ich selber genug Kraft hatte, um alles durchzustehen.“

„Mama, ich bin so stolz auf dich.“ Tanja umarmte ihre Mutter. „Du bist trotz deiner Angst gekommen. Du hast dir das Rennen angesehen. Papa und ich haben dich so dringend gebraucht.“

Hal nahm sie beide in den Arm. „Das stimmt. Wir haben das zusammen durchgestanden. Und jetzt ist Pimlico dran.“

Spitfire bewegte den Kopf und blies Tanja ins Ohr. Er war bereit, eine Möhre und noch mehr Kraulen entgegenzunehmen.

*Kennst Du auch die anderen Bücher der **„Golden Star"-Serie?***

Dieter B. Kabus

5 GESCHWISTER

Auch als spannende Hörspiele!

Hörspiele von Günter Schmitz nach der gleichnamigen Buchreihe von Dieter B. Kabus

Jetzt können alle Kinder, die die Fünf Geschwister von der Buchreihe her kennen, die spannenden Abenteuer auf Cassette hautnah miterleben!

Fünf Geschwister auf der Abenteuerburg, Nr. 60 331
Fünf Geschwister lösen das Geheimnis der Abenteuerburg, Nr. 60 332
Fünf Geschwister im unheimlichen Schloß, Nr. 60 333
Fünf Geschwister im geheimnisvollen Palazzo, Nr. 60 334
Fünf Geschwister im rätselhaften Herrenhaus, Nr. 60 335
Fünf Geschwister im verlassenen Kloster, Nr. 60 336
Fünf Geschwister in der sonderbaren Villa, Nr. 60 337
Fünf Geschwister im ungewöhnlichen Pfarrhaus, Nr. 60 338
Fünf Geschwister im merkwürdigen Jagdschloß, Nr. 60 339
Fünf Geschwister im seltsamen Patrizierhaus, Nr. 60 340

Damaris Kofmehl – **Die Abenteuerklasse:**

Conny reißt aus
Bestell-Nr. 15 468

Der Banküberfall
Bestell-Nr. 15 469

Der Schatz auf der Insel
Bestell-Nr. 15 471

Gefahr im Zeltlager
Bestell-Nr. 15 474

Die geheimnisvolle Brosche
Bestell-Nr. 15 475